Labrador

SOCORRO
MORGADO

SIGA EM FRENTE

Coordenação editorial Pamela J. Oliveira
Assistência editorial Leticia Oliveira, Vanessa Nagayoshi
Projeto gráfico Amanda Chagas
Capa João Schmmit
Diagramação Vinicius Torquato
Preparação de texto Monique Pedra
Revisão Ariadne Martins

Dados Internacionais de Catalogação na Publicação (CIP)
Jéssica de Oliveira Molinari - CRB-8/9852

Morgado, Socorro
Siga em frente / Socorro Morgado.
São Paulo : Labrador, 2025.
144 p.

ISBN 978-65-5625-811-9

1. Ficção brasileira 2. Executivas - Ficção I. Título

25-0421 CDD B869.3

Índice para catálogo sistemático:
1. Ficção brasileira

Labrador
Diretor-geral Daniel Pinsky
Rua Dr. José Elias, 520, sala 1
Alto da Lapa | 05083-030 | São Paulo | SP
contato@editoralabrador.com.br | (11) 3641-7446
editoralabrador.com.br

PRÓLOGO

Após vários anos exercendo a função de gerente de exportação no Pará, trabalhando muitas vezes doze horas por dia, com baixo salário, o que não permitia uma vida financeira confortável, Marina decidiu abrir o próprio negócio, passando a ser agente de exportação.

O fato de ter um considerável conhecimento na comercialização, na elaboração de documentos, no domínio da língua inglesa e do produto a ser exportado – pois fazia o controle da produção de cada artigo desde o início da fabricação até a embalagem – fez com que ela fosse otimista para atuar no mundo empresarial.

Estava ciente de que confiança, credibilidade, transparência, continuidade nos negócios, qualidade e preço competitivo em nível de mercado internacional, além do cumprimento à risca dos itens da fatura proforma eram os principais requisitos para trabalhar como agente de exportação, assim como estar sempre atenta para enfrentar mudanças a cada novo plano de governo.

Trabalhar com convicção, sem cometer qualquer erro de estratégia. Comprar sua primeira passagem para o exterior e percorrer quilômetros em busca da sua realização profissional. Mentalizar portas abertas para ofertas de produtos brasileiros. Sorrir com os ganhos e chorar com as perdas, na certeza de uma equação com um resultado positivo.

Perseverança, reverência, dedicação, renúncia, foco, determinação. Nesta mistura de razão e sentimento nasce um romance dotado de conhecimentos de mercado internacional em uma economia oscilante e com um empresariado artístico.

CAPÍTULO 1

O dia amanheceu lindo naquela manhã de julho de 1986 em Nova York, cidade que compreende cinco distritos situados no encontro do rio Hudson com o oceano Atlântico. No centro da cidade fica Manhattan, distrito de alta densidade demográfica que está entre os principais centros financeiros e culturais do mundo. Ao olhar pela janela do seu quarto de hotel, Marina via pessoas andando apressadamente pelas ruas e avenidas daquela cidade cosmopolita. Seu olhar perdia-se ao ver longos e largos quarteirões com muitos prédios modernos com grandes oportunidades de negócios, onde se compra artigos produzidos no mundo inteiro, assim como uma vasta gastronomia com restaurantes de toda parte do mundo.

Seu pensamento voava longe ao imaginar-se negociando com as empresas daquela cidade, e os números multiplicavam-se em sua mente. Quando retornou ao momento presente, olhou sua agenda e viu que a hora do seu compromisso estava se aproximando. Anotou o endereço do cliente, foi até a varanda e disse:

— Mãe, vou sair para uma reunião. É o meu primeiro desafio neste país, em busca de clientes que aceitem meus serviços como agente de exportação. Também quero conseguir amostras para levar como referência e produzir no Brasil. Bem, eu já falei com esse cliente por telefone e, pelo que ele me descreveu, acredito que terei chance. Vamos torcer!

— É claro, minha filha, que ficarei neste quarto torcendo e orando para que o Senhor te ilumine e coloque as palavras certas na tua boca durante a reunião. A empresa que vais visitar é muito longe daqui?

— Examinei o mapa da cidade e notei que não é tão distante. Eu vou caminhando, mãe. Sei que em Manhattan as pessoas andam muito a pé. Entre um quarteirão e outro, vou admirando os prédios e as vitrines até chegar lá.

— Sucesso, minha filha. Deus te abençoe.

Ao agendar aquela visita, não atinou que era verão nos Estados Unidos, obviamente, férias para os norte-americanos. Percebeu que Nova York estava lotada. Muitos turistas, pessoas de cabelos loiros, negros, vermelhos, castanhos; peles brancas, negras, amarelas, pardas; faces redondas, oblíquas, retilíneas, outras com mandíbulas largas; olhos azuis, verdes, negros, castanhos; roupas de todos os figurinos. Nova-iorquinos misturados ao resto do mundo caminhavam com passos apressados. Buzinas de ambulâncias, de carros de polícia... E lá foi Marina no meio de todo aquele povo, acelerando os passos pelas ruas daquela cidade.

Caminhou muitos quarteirões até chegar à Madison Avenue, onde ficava localizado o escritório da

R T Inc., empresa que havia marcado para visitar naquela cidade. A cada quarteirão que passava, admirava os prédios envidraçados, a arquitetura moderna e, ao mesmo tempo, ficava atônita com o movimento nas ruas e avenidas.

Chegou ao prédio da empresa, identificou-se na portaria, pegou o elevador e, à medida que subia até o 36° andar, sua ansiedade aumentava, com o pensamento voltado para a reunião que aconteceria em poucos minutos. Ela havia elaborado várias perguntas, assim como ficava imaginando a arguição que poderiam fazer-lhe durante o encontro.

Apertou a campainha, e uma mulher de cabelos ruivos, aparentando quarenta e poucos anos de idade, abriu a porta e disse:

– Bom dia! Você é Marina que nos enviou um telex confirmando visita para hoje?

– Sim, sou eu. Você é Anne, secretária do senhor Taylor. Estou certa?

– Sim. Fez boa viagem?

– Sim, fiz uma excelente viagem.

– Marina, queira me acompanhar. Vou levá-la até a sala de reunião.

Andaram por um corredor extenso até que Anne abriu uma porta e disse:

– Aguarde um pouco. O senhor Taylor vem em seguida.

A espera naquela sala parecia eterna. Cada minuto que passava deixava Marina mais ansiosa. Finalmente, entrou na sala um senhor que trajava um terno preto; era forte, com um metro e oitenta aproximadamente; tinha cabelos lisos já grisalhos e um rosto avermelhado, que se destacava por ser um homem de pele muito clara. Era o senhor Taylor. Marina estava bastante nervosa e, quando ele estendeu as mãos para cumprimentá-la, tentou conter o tremor.

— Como vai? Quando chegou a Nova York? Está gostando?

— Eu cheguei ontem, e estou perplexa com a cidade, uma agitação muito grande pelas ruas, pessoas andando apressadas. Eu vim caminhando do meu hotel e pude perceber o movimento das pessoas pelas calçadas da cidade. Estou atônita com tanto desenvolvimento e confesso que estou adorando.

Depois dos cumprimentos, conversaram por trinta minutos sobre o mercado brasileiro relacionado à importação e à exportação, assim como sobre a política monetária e o mercado econômico brasileiro. O senhor Taylor fazia várias perguntas a Marina, como se estivessem em um interrogatório, mas ela sabia que era uma forma de testar seus conhecimentos. Após a conversa, foram ao almoxarifado, onde havia um estoque imenso de couros bovinos curtidos semiacabados e acabados.

Marina pensou: "Usando a pelaria de gado de algumas áreas do estado do Pará e de algumas áreas do Maranhão, eu consigo produzir alguns artigos que estou vendo aqui, como couro bovino curtido semiacabado para forro de calçados (*cow linings*), pelaria com poros fechados, sem berne e sem carrapatos ou poucos carrapatos, e tamanho entre dezessete e vinte pés quadrados".

— Vocês também fazem pedidos para colocar em produção ou compram só ponta de estoque? — ela perguntou.

— Nós trabalhamos com compra e venda. Se recebemos uma oferta bastante atraente, compramos, mas os pedidos são direcionados a determinados clientes.

Ao ouvir a resposta, Marina ofereceu seus serviços como agente de exportação e informou que os produtos que ele tinha no almoxarifado eram familiares para ela e que poderia conseguir preços competitivos.

Isso despertou o interesse dele, tanto que a convidou para almoçar. Para surpresa dela, ele estendeu uma folha de papel na mesa da sala de reunião e dispôs sobre ela dois cheeseburgers e duas latas de refrigerante. Logo, ela notou que os norte-americanos costumam almoçar dentro de seus escritórios, para não perderem tempo, e pensou: "Fast food. Tempo é dinheiro, dane-se o colesterol".

Finalmente, ele disse que aceitava a proposta e pediu para ela enviar amostras de acordo com o que havia visto naquele almoxarifado. Marina ficou radiante e afirmou que não iria desapontá-lo. Saiu felicíssima daquela empresa, com seus pensamentos voando longe, tão longe...

Agora, ela já estava vendo o azul do céu em Nova York. Caminhou bastante sem contar os quarteirões. Tudo era novidade. Ao passar pela Quinta Avenida, a mais conhecida daquela cidade, olhava as lojas de marcas famosas. Quem sabe um dia ela teria uma condição financeira confortável para comprar alguma peça daqueles magazines.

Seguiu para a Times Square. À medida que as luzes da avenida piscavam, seus pensamentos aceleravam. Uma força imensa emergia de Marina. Era como se ela ouvisse alguém sussurrar em seus ouvidos: "Segue adiante, anda, corre, não tenhas medo, eu vou te ajudar". Naquele momento, ela sentiu a presença de Deus segurando suas mãos e a conduzindo. Assim, percebeu que um novo caminho vinha pela frente.

Ao chegar ao hotel, sua mãe logo notou que a reunião havia sido um sucesso.

— Pelo brilho dos teus olhos, a reunião foi excelente. Estou certa ou errada, Marina?

— A senhora está certa, mãe. Suas orações foram atendidas! A empresa R T Inc. me contratou como sua agente no Brasil. Estou muito feliz!

Em seguida, telefonou para seu esposo, contando sobre o sucesso da reunião e falou com os seus três filhos. O mais velho tinha onze anos, a segunda tinha sete anos; e o caçula, apenas cinco anos. Marina sentia muita saudade das crianças. Era difícil ficar longe dos filhos e do marido, mas precisava lutar por uma vida melhor.

Naquela noite, o sono não veio e somente de madrugada conseguiu adormecer.

No dia seguinte, ela pegou o primeiro avião para Boston, no estado de Massachusetts, para visitar dois clientes.

No caminho até o aeroporto de La Guardia, Marina não tinha uma paisagem natural para admirar, mas ficava espantada com tanta novidade tecnológica, principalmente com a obtenção de informações sobre o tempo de engarrafamento e as condições de acesso das estradas. Tudo era muito moderno, e ela percebeu o quanto a tecnologia ajuda no crescimento de um país.

Durante o voo, imaginava como seriam os clientes que iria visitar e perguntava a si mesma: "Será que terei a mesma receptividade de Nova York?".

Quando o avião pousou, pensou: "Seria bom se eu pudesse fazer um tour por Boston, conhecida pelo *Freedom Trail*, andar a pé por locais relacionados à Revolução Americana, como o Bunker Hill Monument, que comemora a primeira grande batalha da guerra, em 1775. Visitar o Museu de Belas-Artes, a Universidade Harvard e outras instituições notáveis, mas não terei muito tempo para visitar os monumentos desta cidade, pois meus destinos são Peabody e Danvers, onde visitarei clientes agendados".

Marina ficou muito feliz quando, ao sair da sala de bagagens, um senhor veio ao seu encontro com uma placa da D B Corp. e perguntou se ela era Marina, pois tinha ido buscá-la para levar até o escritório da empresa em Peabody. Ela pensou: "Realmente, Deus está comigo. Sinto-me segura como se alguém sussurrasse nos meus ouvidos 'segue, busca o que almejas, tenta, tenta que vais conseguir'. É a minha primeira vez nos Estados Unidos para tentar negociar, e alguém de uma empresa veio me buscar no aeroporto... Decididamente, as coisas vão dar certo!".

— Bom dia, como vai? Eu sou Marina.

— Bom dia. Eu sou David. Já falei com você algumas vezes por telefone. Como você está? Fez boa viagem?

— Estou bem, e a viagem foi ótima, obrigada.

Após os cumprimentos, pegaram o carro e seguiram até a D B Corp., localizada em um bairro industrial na cidade de Peabody, a aproximadamente trinta minutos de Boston.

Marina notou um cenário bem diferente do de Nova York. O caminho era arborizado, afinal, estavam na região da Nova Inglaterra, onde no outono o colorido das árvores encanta a quem visita. O dia estava lindo, um céu bem azul sem nuvens, tudo estava favorável.

A empresa D B Corp. funcionava em um prédio horizontal, e seu almoxarifado era bem menor que o do cliente de Nova York, apesar de trabalhar com couro bovino curtido semiacabado e acabado; o que diferenciava era que esse cliente só trabalhava com alto padrão de qualidade.

Marina pensou: "Eu consigo produzir alguns destes artigos que estou vendo aqui, usando a pelaria também da região Norte do Brasil, sul do Pará, onde temos um rebanho de gado que vai me dar um tamanho por meio couro de vinte a vinte e quatro pés quadrados e com boa resistência, sem berne e sem carrapatos para fabricação de calçados masculinos".

Eles conversaram por mais de uma hora, e David perguntou a Marina sobre a economia do Brasil e o que ela esperava do governo, em seguida sobre o mercado de exportação e importação. Ela tinha que responder a todas as perguntas com convicção, pois era preciso passar segurança.

Após a reunião, foram almoçar em um restaurante de pescados, muito comuns na região, onde são encontradas iguarias como lagosta, lula e camarão. Durante o almoço, ela também propôs ao David ser sua agente no Brasil. Quando retornaram ao escritório, o sorriso tomou conta dos lábios de Marina ao receber alguns pedaços de couro para igualar amostras como sinal positivo, uma vez que conseguisse produzir aqueles artigos a preços competitivos no mercado internacional. Agora, ela já tinha dois clientes para trabalhar.

Ainda faltava o segundo cliente para visitar, e já eram quase duas da tarde. Mas David se ofereceu para levá-la ao escritório da empresa E Company, localizado em Danvers, também em Massachusetts.

Marina foi bem recebida pelos dois sócios da empresa, os senhores Johnson e Benson. Eles perguntaram como estava o mercado de exportação no Brasil e informaram que, apesar de serem uma pequena empresa, faziam compras regulares de lá.

Ela notou que o estoque daquela empresa era menor que o da D B Corp. e a maioria dos artigos era de boa qualidade, mas percebeu que alguns itens não tinham o mesmo padrão. Então pensou: "Eu consigo produzir alguns dos artigos que vejo aqui, também usando a pelaria da Região Norte do Brasil, mas se ele fornecesse cartelas de couro para que eu pudesse desenvolver os artigos de qualidade inferior, como para forro de calçados (*cow lining*), teria mais volume do que a napa que é de flor integral sem qualquer carrapato, sem berne, sem riscos, poro fechado e boa resistência".

Esse cliente comprava tanto couro bovino curtido semiacabado, usado para forro de calçados, quanto napa para bolsas de alto padrão de qualidade.

Marina disse que já trabalhava havia alguns anos como gerente de exportação e que tinha bastante experiência naquele ramo de negócios e poderia conseguir preços competitivos em nível de mercado internacional.

Novamente, conseguiu cartelas de couro de baixa e alta qualidade para igualar amostras e depois mandar para aprovação da empresa. Após a reunião, o senhor Johnson foi levá-la ao aeroporto, e ela pegou o avião de volta para Nova York.

Quando chegou ao hotel, sua mãe estava aflita, pois ela jamais imaginara ver sua filha em tão grande desafio. Mas sua fé inabalável era o incentivo de que Marina precisava, por isso pediu que lhe acompanhasse na viagem.

Marina contou a ela sobre as duas visitas bem-sucedidas que fez em Massachusetts e disse que estava ainda mais esperançosa. Informou que precisava descansar, pois receberia um cliente no hotel na tarde seguinte.

À tarde, a temperatura estava amena, apesar do verão nova-iorquino, e, por volta das cinco horas, Marina recebeu o senhor Thomas, um cliente que estivera no Brasil e queria importar filtros de barro, usados para filtrar água potável, mas seu interesse era apenas utilizá-los como objetos decorativos, assim como outros artesanatos da cultura marajoara. Ele estava com um amigo que trabalhava no mesmo ramo de Marina e que levou algumas cartelas de couro para ela como referência para a produção de pedidos. Eles jantaram no restaurante do hotel. A mãe de Marina também participou do jantar e, por mais que não falasse uma palavra em inglês, Marina traduzia para que ela não se sentisse excluída.

Um grande horizonte se abria, e Marina não parava de somar, multiplicar e dividir enquanto pensava em trabalhar bastante para conseguir artigos com o mesmo padrão de qualidade fornecido como amostra, e com preços competitivos, o que não era fácil dentro da economia que rondava o Brasil: inflação muito alta e taxa de câmbio variando a cada dia. Ao mesmo tempo que fazia cálculos, ela sabia que poderia chegar ao topo da hipérbole, mas entendia que, se a inflação exagerasse, poderia despencar e retornar ao ponto inicial da figura geométrica. Diante disso, ela teria que estar sempre atenta para não falhar no que prometera, pois vender para o mercado de exportação era uma questão de confiança e, se houvesse desapontamento, podia esquecer o mercado. Trabalhar com exportação dentro do mercado brasileiro não era fácil, pois, a cada governo, havia uma mudança de plano econômico.

No dia seguinte, Marina e sua mãe pegaram um avião para São Francisco. Lá, ela iria encontrar outro cliente, agendado previamente, mas que não constava na lista de importadores da Associação Comercial de Nova York.

Quando chegaram ao hotel, Marina foi informada de que havia uma pessoa aguardando por ela. Era o senhor Duay, um dos executivos de uma empresa de Seattle, cidade próxima à fronteira com o Canadá. Essa empresa tinha muito interesse em desenvolver relações comerciais com o Brasil. Ele fora até lá somente para aquele encontro.

Era um senhor com tom de pele morena, de estatura média, usava óculos e um paletó cinza. Apesar de falar corretamente inglês, percebia-se um sotaque estrangeiro, no entanto Marina não conseguiu identificá-lo, embora ele se apresentasse como norte-americano.

Após as apresentações, conversaram e jantaram no hotel. Durante o jantar, o empresário fez várias perguntas sobre o mercado brasileiro e informou que, apesar de sua empresa não estar na lista de importadores, ele estava tentando entrar no mercado. Entregou para Marina alguns pedaços de couro bovino curtido acabado com estampas diferentes para desenvolver amostras.

Marina não trabalhava com curtumes no Brasil que produziam aquele artigo, no entanto, ela segurou imediatamente os pedaços de couro. Claro que não deixaria escapar nada, pois seu objetivo era buscar clientes.

Ela disse ao senhor Duay:

– Este artigo não é da linha de produção dos curtumes com que trabalho, mas vou desenvolver e espero que o senhor o aprove. Tão logo consiga, enviarei a contra-amostra.

Marina agradeceu a visita do empresário, que se despediu com gentilezas e certa pressa, porque pegaria um voo de volta bem cedo para Seattle.

Ela estava exausta. Tinha feito um voo de Nova York para São Francisco de cinco horas de duração e logo teve que dar atenção ao senhor Duay, o que aumentou a expectativa. Após o banho, ela relaxou um pouco e, ao deitar-se, ouviu como que um sussurro: "Calma, não fica com medo, segue, desenvolve as amostras. Tu vais conseguir. Tu vais passar por várias provações, mas vais vencer. Acredita. Tens que acreditar. Eu estarei sempre contigo. Vai em frente".

Quando conseguiu adormecer, era muito tarde.

O dia amanheceu lindo, o céu sem uma nuvem em São Francisco, cidade no norte do estado da Califórnia, nos Estados Unidos, e que possui colinas; está situada na ponta de uma península cercada pelo oceano Pacífico e pela baía de São Francisco. Ela é conhecida pela emblemática ponte Golden Gate, por seus bondinhos e por suas coloridas casas vitorianas. O Transamerica Pyramid, no Distrito Financeiro, é o edifício mais conhecido da cidade. Na baía, encontra-se a ilha de Alcatraz, onde ficava a antiga prisão que muitas vezes foi cenário de filmes. Marina e sua mãe foram conhecer a ponte Golden Gate, depois foram até a rua das flores, em seguida visitaram uma estufa de begônias. Belíssimas! Foram também até o Píer. Elas ficaram encantadas por São Francisco.

Marina disse para sua mãe:

– Estamos vendo a natureza aqui. Em Nova York, com toda a excitação dos passos apressados, dos negócios, dos arranha-céus, dos musicais, das vitrines, destaca-se o concreto, e a natureza fica distante, com exceção do Central Park. Agora estamos perto do mar, e, ao atravessar a ponte, notei uma região muito bonita, com verde, o que me encanta.

Espero um dia voltar aqui com meus filhos e meu marido para passear.

— Com o teu trabalho e a grande ajuda de Deus, conseguirás. E eu vou falar para meus netos o quanto é bonita esta cidade.

Faltavam dois dias para que retornassem ao Brasil. A saudade dos seus filhos e marido aumentava a cada minuto que passava. Ela se preocupava, porque teria que desenvolver várias amostras e, mais uma vez, se ausentar das crianças, pois as fábricas que produziam aqueles artigos ficavam no Sudeste e no Sul do Brasil, e imaginava quantos quilômetros a percorrer ao sair do Norte, onde morava, e como conseguiria custear seu projeto.

Chegou o dia de retornar. A ansiedade tomava conta daquela jovem senhora. Contava as horas para o horário do seu voo. Seguiu com sua mãe para o aeroporto e, às três da tarde, pegaram o voo para o Brasil.

CAPÍTULO 2

O amanhecer fez Marina acordar na hora em que seu voo aterrizava no Brasil. No desembarque, ao ver seu marido e seus filhos no aeroporto, lágrimas caíram entre abraços e beijos. E ela não se esqueceu de agradecer: "Obrigada, meu Deus, por ter me dado forças para ficar quase um mês sem a presença do meu marido e dos meus filhos, ainda crianças, em busca da realização de um projeto: negociar com um país tão desenvolvido como os Estados Unidos".

Durante o caminho para casa, Marina notou que seu marido estava um pouco chateado; intuiu o motivo, mas só comentou quando já estavam em casa:

— Desculpe, César, por ter passado quase um mês longe de casa. Mas acho que valeu a pena. Estou com muita esperança, e as minhas expectativas são grandes. Peço a Deus que consiga ir adiante, pois, como tu sabes, o meu trabalho é árduo como gerente de exportação de uma empresa de porte médio e não vejo expectativas de ascensão, uma vez que é uma empresa familiar e, por mais que tenha feito o máximo e conseguido triplicar as exportações com resultado positivo desde o meu ingresso, não vejo possibilidade de crescimento ali. Obviamente, escuto: "Muito obrigado, o seu trabalho é nota dez". Apesar de me sentir lisonjeada por convencer um cliente a comprar um artigo apenas com a minha narrativa, meu trabalho vai além do fechamento do pedido. Eu acompanho a fabricação do produto para que nenhuma das palavras que mencionei naquela negociação sejam contrárias ao que escrevi. Por mais que fique orgulhosa por ser elogiada com frequência, não nos alimentamos de elogios. O meu salário é muito baixo. Muitas vezes, trabalho doze horas por dia para conseguir atualizar tudo e, quando estou em casa, o cansaço bate. Além de precisar fazer tarefas domésticas, oriento as crianças nos deveres escolares, pois os nossos proventos são parcos para sustentar três filhos e ainda pagar funcionários para trabalhos do lar.

Após ouvir a explicação de Marina, César disse:

– Eu compreendo a tua busca por algo melhor e somar para criarmos nossos filhos e acredito no teu potencial. O que puder fazer para ajudar, eu farei.

Nos dias seguintes, Marina começou a pesquisar fábricas para desenvolver as amostras e enviá-las aos clientes que havia visitado nos Estados Unidos, e o fazia quando voltava da empresa, quando seus filhos e marido estavam dormindo, noite adentro. Usava o telex para mandar mensagens, mandava mala direta, pois, naquela época, não havia e-mail.

Poucos meses depois, começou uma crise no mercado nacional e os preços subiram estupidamente, inviabilizando as exportações. O governo havia lançado, em fevereiro de 1986, o Plano Cruzado, e uma das medidas era o congelamento dos preços como uma das formas de conter a inflação, assim como o congelamento da taxa cambial.

Como o congelamento dos preços não permitiu o ajuste no valor dos produtos sujeitos à sazonalidade, houve um desequilíbrio; como resultado houve o desabastecimento de bens e o surgimento de ágio, pois os comerciantes começaram a cobrar preços acima do valor de mercado, principalmente dos produtos que se encontravam na entressafra (carne e leite) e nos mercados oligopolizados (automóveis).

Os produtos começaram a desaparecer das prateleiras dos supermercados, e tudo era vendido com ágio.

O plano lançado pelo governo fracassou. As donas de casa compravam mantimentos para estocar, porque não tinham mais certeza se estariam disponíveis no dia seguinte. Muitas empresas começavam a importar diversos produtos, e o imposto de importação era alto. Era necessário procurar alternativas. Imagine o Brasil, um país com uma grande capacidade de produção, tendo matéria-prima para fabricar seus produtos e, ainda assim sentindo a necessidade de importar.

Marina ficou angustiada com toda aquela situação e falava para si mesma: "Todo o meu trabalho em vão! Que governo é esse? Senhor, permita que não desista dos meus ideais e que encontre uma alternativa para seguir".

No dia seguinte, o telefone tocou no início da noite:

— Boa noite. Aqui é o senhor Robson. Trabalho para a empresa R T Inc., de Nova York, que você visitou recentemente. Bem, eu quero fazer uma proposta.

— Boa noite, senhor Robson! Qual é a proposta?

— Sabemos que a situação no Brasil está inviável para a exportação, uma vez que os preços subiram estupidamente, e estamos procurando uma pessoa para nos representar e vender nosso estoque, que você viu recentemente em Nova York. Você aceita?

— Eu posso tentar.

— Vamos enviar um mostruário para você trabalhar, pois soubemos que algumas empresas já estão importando artigos similares ao nosso.

— Muito obrigada, senhor Robson, pela oportunidade.

Após o telefonema, Marina ficou bastante pensativa, pois sabia que a importação seria um desafio, apesar de conhecer muitas fábricas que usavam artigos semelhantes aos que a empresa R T Inc. tinha no estoque. No entanto, importar naquela época era muito difícil. A maioria das empresas que comercializavam aqueles artigos não tinha licença de importação.

Para Marina, deixar seu emprego e se aventurar na exportação era viável, mas arriscar-se em vendas relacionadas à importação a deixava muito preocupada.

Depois de um período de reflexão, pediu demissão do emprego e saiu para constituir sua própria empresa. Registrou-a com seu esposo como sócio. Até que conseguisse se estabilizar no empreendimento, ele seria o único provedor da família.

Marina fez vários contatos com fábricas do Sul e Sudeste do país que comercializavam esses artigos. Após agendar algumas visitas, pegou um avião para São Paulo e seguiu para o interior do estado.

Visitou várias fábricas na tentativa de convencer os empresários a comprarem seus produtos, argumentando que o preço era atrativo em comparação com as ofertas do mercado interno e que, naquele momento, as expectativas eram de aumento de preço, não de queda.

Talvez Marina tivesse conseguido vender muito se as fábricas possuíssem a licença de importação, pois muitos usavam aqueles artigos. Não bastava ter somente essa licença, o interessante era que conseguissem o *Drawback*,[1] o que viabilizaria ainda mais o negócio, ou seja, comprariam a matéria-prima e fabricariam seus produtos e os exportariam, ficando isentos do imposto de importação.

---

1 Regime especial responsável pela isenção ou suspensão de tributos sobre materiais que serão utilizados para a fabricação de produtos a serem exportados, ou seja, incentivo que minimiza o custo de produção de produtos destinados à venda no exterior.

Assim, naquele verão intenso no interior de São Paulo, os dias pareciam intermináveis para Marina. A angústia começou a se apoderar dela, devido a tantas visitas sem sucesso e à saudade de sua família.

Mesmo com o pensamento voltado para o trabalho, ao embarcar em um ônibus de um lugar para outro, admirava muito as plantações existentes naquela região.

Haviam se passado dez dias e a palavra "sim" não era ouvida por Marina naquela busca por vendas. A saudade do seu marido e dos filhos aumentava a cada dia. Não conseguia dormir, ficava horas meditando e em seguida fazia várias perguntas a Deus, em uma interlocução muito íntima.

O dia amanheceu ensolarado em Jaú, São Paulo, quando ela acordou.

Ligou para a fábrica que havia tentado visitar no dia anterior e conseguiu agendar a visita para as três da tarde. Ela saiu do hotel com bastante antecedência e chegou à fábrica às duas horas. Estava ansiosa, mas, ao mesmo tempo, sentia um otimismo muito intenso dentro de si.

Após ver o mostruário, o cliente disse:

— Eu uso bastante este couro que está no seu mostruário e estou precisando de dois contêineres dele.

Marina ficou exultante e disse:

— Temos para pronta entrega. Vou ligar para o fornecedor enviar a fatura proforma para vocês providenciarem a carta de crédito.

Esse cliente fez a importação de dois contêineres de couro. Com a comissão, Marina adquiriu importantes equipamentos eletrônicos para melhorar o funcionamento de sua empresa de agenciamento de importação e exportação.

Assim, o ano de 1986 transcorreu voltado para as importações a empresas que tinham a licença necessária, o que era contrário à ciranda financeira da época: comprar no mercado interno a preços assustadores. Após essa venda, Marina continuou empenhada em negociar importações.

A burocracia era imensa, mesmo para pequenas amostras sem valor comercial. Muitas vezes, os funcionários da alfândega perguntavam se ela iria abrir uma fábrica e dificultavam a liberação das amostras. Imaginem! Como construir uma fábrica com amostras? Que absurdo!

Marina precisava correr com as amostras, pois não sabia até quando o mercado brasileiro ficaria favorável à importação. As altas taxas de importação, assim como a burocracia, dificultava muito. Em resumo, o país não era voltado para essa atividade econômica, até porque é um autoprodutor, então muito mais coerente seria exportar produtos nacionais e tornar o Brasil conhecido mundialmente, melhorar as indústrias, aprimorando a atividade industrial, o que geraria empregos e faria com que a economia crescesse e ainda daria condições para que o produto brasileiro fosse adquirido nacionalmente a preços atrativos, impulsionando o consumo interno e favorecendo a liquidez doméstica.

De toda forma, o que Marina sabia era que devia estar preparada para quando o mercado virasse. Precisava ser versátil, saber qual estratégia usar e procurar não cometer erros.

CAPÍTULO 3

O ano de 1987 começou. Marina continuou na atividade importadora. Em poucos meses, os produtos brasileiros começaram a voltar às prateleiras e a taxa cambial começou a subir. Com isso, as importações tornaram-se inviáveis, e o mercado de exportação foi retomado. Os preços passaram a ser competitivos no mercado internacional.

Para Marina, que havia recentemente direcionado todo o trabalho à importação, tudo voltou à estaca zero, e ela começou a contatar os clientes norte-americanos que visitara em julho do ano anterior.

Trabalhar em um país onde se dorme rei e se acorda súdito exige que a versatilidade seja inerente ao empresariado. E, por mais que tudo tenha se invertido, Marina não perdeu sua força. O pensamento positivo era constante naquela jovem senhora para quem a ideia de vencer era uma meta diária.

Na sua casa, enquanto todos dormiam, ela fazia sua reflexão e conversava com Deus: "Senhor, que eu não perca o meu propósito. Fica comigo. Eu creio em Ti. Aumenta a minha fé". E ouvia como resposta: "Calma, tudo tem seu tempo. Não desistas. Segue adiante".

Ela sabia que o mercado internacional era o caminho naquele momento, porém não tinha suporte financeiro. Pesquisava feiras internacionais para visitar, conhecer novos clientes e desenvolver novos artigos.

Em junho, surgiu uma oportunidade, e Marina fez sua primeira viagem à Europa. O objetivo era visitar uma feira internacional no Porto – cidade costeira no noroeste de Portugal, famosa pelas pontes imponentes e pela produção de vinho. No tempo livre entre as atividades da feira, Marina aproveitou para explorar o distrito medieval de Ribeira, onde as ruas estreitas de paralelepípedos levam a casas antigas e charmosos restaurantes de comerciantes locais. Encantou-se com a igreja de São Francisco, cujo interior barroco exuberante era adornado com esculturas douradas, e com o suntuoso Palácio da Bolsa, do século XIX, construído para impressionar investidores europeus. Ela visitou também a icônica Livraria Lello, maravilhada com sua arquitetura rica. Sentiu-se cativada pelos muitos monumentos que tornavam a cidade memorável.

Durante a feira, Marina conheceu importadores de Portugal e de outros países, como da Itália, lugar que a incentivaram visitar. Ali, estavam os melhores curtidores de couro, e ela teria a oportunidade de aprender sobre novas técnicas e, assim, enriquecer o trabalho das fábricas brasileiras.

A feira no Porto transcorreu em três dias. Quando terminou, Marina decidiu seguir de trem até La Coruña, cidade portuária situada na região da Galiza, no noroeste da Espanha, para visitar um cliente. Após esse encontro, seguiu para Santiago de

Compostela, também na Espanha, onde embarcou em um voo para Milão, na Itália.

Quando chegou a Milão, ficou bastante assustada com os interrogatórios feitos pelos funcionários da alfândega, por ser mulher e por estar a trabalho. Eles achavam que ela era uma aventureira, e levou mais de uma hora para convencê-los de que estava naquele país para visitar clientes, pois era exportadora e já exportava para outros países da Europa e para os Estados Unidos. Finalmente, conseguiu sair daquele aeroporto e foi para um pequeno hotel, próximo à estação de trem, para, no dia seguinte, pegar o primeiro trem para Santa Croce sull'Arno para visitar clientes já agendados.

O dia mal havia clareado quando ela embarcou em um trem com transbordo em Pisa, cidade na região da Toscana, na Itália, mais conhecida por sua famosa torre inclinada. O cilindro de mármore branco de cinquenta e seis metros, que já tinha certa inclinação quando foi concluído, em 1372, é a torre do sino da catedral romanesca de mármore listrado adjacente, situada na Piazza dei Miracoli. Na praça também estão o Batistério, cuja acústica de renome é demonstrada diariamente por cantores amadores, e o cemitério Camposanto Monumentale.

Marina conseguiu fazer o transbordo às duas da tarde para Santa Croce sull'Arno, cidade do interior onde se localizavam os curtumes que informaram a ela na feira do Porto. A viagem de trem durou quase quatro horas, e, durante o trajeto, as pessoas entravam e saíam do trem, e a cada nova pessoa que se sentava ao seu lado, ela perguntava: "Você fala inglês?". Quem sabe, se alguém respondesse "sim", ela conseguiria conversar e colher alguma informação sobre a cidade que iria visitar.

Finalmente, sentou-se ao seu lado um senhor que falava inglês e vendia acessórios para algumas fábricas daquela região, e Marina se informou sobre onde deveria descer.

Quando chegou à estação da cidade, dirigiu-se a um centro de informação e conseguiu contratar um agente para lhe mostrar alguns curtumes. Ela notou que poucas pessoas falavam inglês. Conseguiu várias informações sobre a fabricação dos produtos e a química que eles usavam para melhorar a qualidade, a exemplo de um artigo de baixa classificação passar para duas classes acima com algumas técnicas.

Marina passou apenas dois dias naquele lugar e voltou para Portugal de trem, pois não tinha dinheiro suficiente para pagar sua volta de avião.

O que mais a angustiava naquela viagem era não conseguir falar com o esposo e os filhos, saber como eles estavam e avisar que estava viva. Pelos lugares por que passava na Itália, era muito difícil a comunicação. Não conseguia ligar. Perdeu totalmente a fome, estava muito nervosa. E assim ela saiu de Pisa em uma sexta-feira, às cinco da tarde, e chegou a Fátima, em Portugal, no domingo pela manhã, trocando de trem na fronteira entre a Itália e a França, e entre a França e a Espanha. Sua bagagem era pequena, porém trazia muitas amostras; nas fronteiras, sempre ficava preocupada em declarar e explicar que estava a trabalho.

Não cessava de escrever em qualquer oportunidade: "Hei de vencer! Hei de vencer!". E ouvia um sussurro: "Não estás só, não tenhas medo. Eu estou te guiando".

Quando o trem parou em Fátima, Marina desceu, pegou um táxi e se hospedou em uma pequena pousada. Após deixar sua mala no quarto, seguiu até o Santuário, lugar de peregrinação e muita devoção, e fez o percurso de joelhos ao redor da imagem de Nossa Senhora de Fátima, chorando e agradecendo a Deus por estar ali; também pediu que Ele a ajudasse a não passar mais por apuros.

Na segunda-feira, embarcou em um trem e seguiu novamente para a cidade do Porto para visitar clientes que também havia contatado na feira e que residiam nos arredores dessa cidade.

Passou uma semana em visitas e conseguiu pequenas amostras para desenvolver novos artigos, com a esperança de no futuro poder exportar contêineres para aquele país.

Porto é uma cidade muito antiga e com monumentos lindos. Apesar de Marina apreciar muito o que retrata a história de um país, naquela viagem estava focada no objetivo de vender seu produto e lutar com todas as forças para alcançar sua meta. Por isso, ao passar por alguns daqueles monumentos, pensava que, no futuro, quem sabe, voltaria àquele lugar e teria condições financeiras para fazer turismo com toda a família.

Quando a noite chegava, seus pés doíam; muitas vezes, entre um cliente e outro, ia a pé, caso a distância entre as fábricas não fosse tão longa.

Nos arredores da cidade do Porto, havia um polo industrial onde estavam localizadas várias fábricas de calçados, e Marina teria grande chance de vender couro semiacabado e acabado.

Quase uma semana se passara, e ela lutava cada dia para conseguir clientes para seu produto. Então, decidiu seguir para outra região daquele país, onde se localizavam alguns curtumes que faziam acabamentos em couro: eles compravam o couro em estado de *wet blue*, que é o resultado do curtimento ao cromo de peles verdes (in natura) ou salgadas; após esse processo, as peles se tornam preservadas e resistentes, e ficam com aspecto úmido e de cor azulada. Haveria também a chance de ela vender o couro nessa etapa, pois conhecia alguns curtumes no Brasil que tinham interesse em vender couro em *wet blue*.

Ela fez várias visitas e sentiu que teria chance naquela região. Apesar de não ser o que realmente estava acostumada a exportar para os Estados Unidos, teria uma segunda opção para desenvolver seu trabalho.

O verão já estava acampado naquela região e os dias eram muito quentes, pois já passava de meados de junho de 1987.

Para Marina, foi um aprendizado muito grande. Jamais esqueceria aquela viagem: toda a bagagem de conhecimentos que adquiriu e os apuros que enfrentou. E se questionava: "Valeu a pena?". Sim, tudo vale a pena em busca de um ideal, e ficam de herança o conhecimento e a esperança de conseguir chegar lá.

Os dias seguiram, e Marina buscava desenvolver as amostras para enviar a Portugal, assim como procurava exportadores que fabricassem o artigo que os importadores tinham interesse em comprar. Cada amostra que despachava gerava uma expectativa. Ela se perguntava: "Será que o cliente do Porto vai aprovar a amostra? Eu fiz igual. Tenho certeza de que vou conseguir".

Mas os dias passavam e a resposta não vinha, deixando Marina angustiada, pensando quantos quilômetros havia percorrido para divulgar o produto feito no seu país; o quanto havia se esforçado para conseguir um novo mercado. E se questionava: "Será que, por ser mulher, não estão me dando chance? Ou o mercado naqueles países está lento? Meu Deus, mostre-me a verdade. Estou certa de que as amostras estão corretas. Por que não me respondem? Poderiam ao menos dizer: 'Não está de acordo' ou 'não compramos produtos brasileiros'".

Marina sabia que a Europa era muito socialista, bem diferente dos Estados Unidos, que são capitalistas e muitas vezes nem andam, correm quando se trata de um bom negócio, apesar de terem sempre na boca *"Step by step"*.

Estava findando 1987, e a busca por novos mercados era o que Marina mais ansiava. Sua meta era vender o produto brasileiro para o mundo.

CAPÍTULO 4

O ano de 1988 chegou, e com ele uma grande esperança para Marina. O mercado exportador estava aquecido. Ela entrou em contato com diversos fabricantes, conseguindo bons preços, e dessa maneira teria chance de registrar pedidos do mercado europeu. No entanto, sentia aquele mercado muito lento, deixando-a desestimulada. Ela resolveu entrar em contato com o senhor Taylor, para quem ela havia intermediado a importação no ano anterior, o qual se interessou pela cotação. O sorriso apareceu nos lábios de Marina. Sentia que faria bons negócios com aquela empresa cuja reputação em liquidez era excelente e a deixava segura.

O curtume cuja cotação interessou ao cliente norte-americano ficava na Bahia, no Nordeste do país. Solicitou, então, uma amostra de couro semiacabado tipo *cow linings*, que foi aprovada pelo importador, que começou a fazer pedidos de um contêiner mensal. O produto era de boa qualidade, o preço favorecia tanto o importador como o exportador, no entanto a logística pesava muito.

Quando fechava um negócio, ela se comprometia a inspecionar toda a mercadoria, e nos documentos de exportação constava um termo assinado por ela, certificando que havia vistoriado tudo antes de ser colocado no contêiner. Para Marina chegar até aquela fábrica, era preciso pegar um voo de sua cidade até a capital daquele estado e, em seguida, um avião bimotor até a cidade onde a mercadoria se encontrava, uma vez que o acesso pela rodovia era impraticável.

Apesar de a empresa exportadora enviar um avião para buscá-la, tornava-se muito difícil ir a esse local todos os meses; o resultado não compensava.

Todas as vezes que fazia esse itinerário, ficava imaginando o quanto o Brasil perdia por não ter uma boa pavimentação nas estradas, impossibilitando os negócios e, consequentemente, o desenvolvimento do país. Os estados do Norte e do Nordeste não conseguiam progredir, as pessoas desistiam por falta de infraestrutura nas estradas. O quanto seria bom se as indústrias produzissem mais, e assim haveria mais empregos, mais renda, a economia do país poderia crescer.

Marina pensava: "Que país é este, gigante pela própria natureza, autoprodutor, no entanto não segue adiante por falta de bons governantes para fomentar o que se precisa. Será que eles não veem o que eu, uma empresária tão pequena, sou capaz de ver?".

Para fomentar uma fábrica, é preciso matéria-prima, produtos químicos, energia e tratamento de efluentes de água para não contaminar o solo etc. Como conseguir tudo isso, se nem temos rodovias para dar acesso aos parques industriais? Meu Deus! Como é difícil correr com uma produção.

Aquela fábrica era apenas um exemplo do que ocorria em todo o país. No entanto, Norte e Nordeste são sempre as regiões mais prejudicadas. No sertão do Nordeste, o povo amarga com a seca. Para conseguir um balde d'água, tem que andar quilômetros de distância. Já no Norte, há água em abundância, assim como frutas e pescados; não se passa fome, contudo o que se pesca e colhe em muitas ilhas é apenas para subsistência; o desenvolvimento fica muito longe.

Muitas rodovias não são pavimentadas, o que torna o acesso entre as cidades difícil, principalmente na estação das chuvas. Os caminhões ficam atolados na lama por muitos dias. Quando se fala em Região Norte, pensa-se em muitos rios. Mas, para ir de um lugar para outro, conta-se com balsas em estado precário, quando não, barcos que muitas vezes não têm colete salva-vidas. Como resultado, ocorre o baixo desenvolvimento dessas regiões.

Marina se questiona novamente: "Como mendigar por pavimentação nas estradas e melhoria nos transportes fluviais? Uma região tão rica em produtos naturais, com uma vasta e exuberante floresta e tantas frutas que não sabemos precisar quantas temos. Rios tão extensos com afluentes, subafluentes, baías com tantos peixes, capazes de alimentar todo o país. Poderíamos ser um Estado independente, com sua própria moeda. Será que nossos governantes estão cegos ou se fazem de cegos?".

Marina ainda conseguiu ir por alguns meses para aquela fábrica no Nordeste. Seu cliente norte-americano mandou vir um dos seus executivos para visitar o local. O que mais a entristecia era saber que tinha bom preço, boa qualidade, e que o proprietário da empresa era muito receptivo com os clientes, mas, pela logística, não conseguiria dar sequência aos negócios com aquela fábrica.

Ao mesmo tempo que Marina se angustiava, ela sentia algo que a impulsionava e a levava para a frente. Com muitos pensamentos positivos, ela seguia, sempre com a esperança de um dia melhor.

O ano transcorria em meio a uma rápida aceleração no mercado de exportações. Marina entrou em contato com outros dois importadores que visitara nos Estados Unidos, em 1986. Eles tinham empresas nos arredores de Boston, no estado de Massachusetts. Um deles veio fazer uma visita, e Marina resolveu levá-lo a um curtume localizado no distrito industrial da cidade onde ficava seu escritório. Esse curtume estava parado havia alguns anos e retomava suas atividades. Ele fez alguns pedidos, mas em pequena quantidade, pois o preço era um pouco mais elevado do que costumava comprar e bem superior ao que Marina praticava no Nordeste do país.

Apesar de morar no Norte do Brasil, onde os preços nos curtumes eram mais elevados do que os do Nordeste e do Sul, podia-se contar com uma matéria-prima de boa qualidade, principalmente as peles retiradas dos gados do sul do Pará; ainda se conseguia ter um percentual pequeno de primeira classificação e um pouco mais de segunda, o maior percentual era de terceira e quarta, o que fazia diferença. Marina conseguia vender alguma produção quando se tratava de um artigo de superior qualidade; inclusive o cliente que veio visitá-la costumava comprar artigos similares ao que se produzia naquele curtume. Assim, ela passou o primeiro semestre vendendo quantidades razoáveis, mas ansiava por aumentar suas vendas.

No final de outubro, Marina chegou ao escritório e disse:

— Estou decidida a ir novamente aos Estados Unidos.

— Mas como vamos conseguir financiar a viagem? Os nossos proventos ainda são poucos — disse sua secretária, Victoria.

— Eu estou com pensamento bem positivo em conseguir um dos maiores importadores norte-americanos para nosso produto. Fiz contato com a Associação Comercial de Nova York e consegui a relação de todos os importadores dos produtos com que trabalhamos. Esse importador está no ranking dos maiores, se não for o maior dos Estados Unidos dentro desse segmento.

— Nesse caso, Marina, vamos comprar a passagem para pagar em parcelas e ver um hotel com um preço acessível.

— Eu sei que para conseguir bons clientes e pela segurança temos que ficar em bons hotéis, no entanto dois clientes estão no interior de Massachusetts e este cliente maior fica em uma pequena cidade de New Hampshire, onde o custo dos hotéis é acessível. Então, posso ficar em um bom hotel com um preço razoável. Não vou considerar transportes entre o hotel e os escritórios dos clientes, pois consegui falar com eles por telefone e me informaram que podem me buscar e no final do dia me deixar no hotel.

— Que bom, Marina. Então, vamos pensar positivo. Tudo vai dar certo.

— Sim, tudo vai dar certo. O Senhor Jesus guiará meu caminho. Eu creio.

O tempo estava bastante frio quando ela desembarcou em Boston naquele outono de 1988. Um dos clientes que ela havia visitado em julho de 1986 foi buscá-la no aeroporto para seguirem até Danvers, cidade localizada no estado de Massachusetts que fica a trinta minutos de Boston. No caminho, Marina notava como as estradas eram largas e permitiam acesso a vários lugares. Como era diferente das estradas do Brasil, onde buracos se faziam presentes em todas as rodovias. A única diferença é que nas estradas brasileiras, principalmente na região Norte, o verde é intenso, com muitas árvores primitivas, enquanto lá a brisa é ácida.

Nos dois primeiros dias, Marina esteve nos escritórios dos dois clientes que havia visitado quando esteve pela primeira vez naquele estado. Eles foram bem receptivos e fizeram pedidos de amostras, o que deixou Marina tranquila, pois sabia que, se fizesse um bom trabalho, conseguiria exportar frequentemente para aqueles dois clientes que, apesar de não comprarem em grande quantidade, compravam com frequência.

No terceiro dia, Marina foi a uma pequena cidade do estado de New Hampshire, situado na região de New England, fronteira com Massachusetts ao sul, Vermont a oeste, Maine e o oceano Atlântico a leste e a província canadense de Quebec ao norte, sendo definido por suas cidades pitorescas e pelas extensas áreas selvagens. Nessa cidade, visitou o grande atacadista Oliver Importer and Exporter Inc., que era o seu *goal*. Ao chegar àquele escritório, Marina foi atendida por dois executivos encarregados da área em que Marina trabalhava, pois esse cliente tinha uma *holding*.

Quando Marina entrou, veio ao seu encontro uma mulher alta e loira, de aproximadamente cinquenta anos, que disse:

— Bom dia, Marina. Meu nome é Britney, eu trabalho na área de compras.

— Bom dia, Britney. É um grande prazer conhecê-la. Agradeço por me receber em seu escritório.

— O prazer é todo meu. Vamos entrar.

Ao adentrar, Marina viu uma sala toda envidraçada e um senhor de aproximadamente cinquenta anos sentado a uma mesa, a quem Britney se dirigiu:

— Senhor Oliver, esta é Marina, a empresária do Brasil que trabalha com aquele produto de que temos bastante demanda.

— É um prazer conhecê-la, Marina. Nós compramos grandes volumes. Se você nos atender em preço e qualidade, podemos ser bons parceiros de negócios — ele disse.

— O prazer é todo meu, senhor Oliver. Vou procurar atendê-los da melhor maneira possível. O produto que vocês compram é familiar para mim, eu trabalho com esse artigo há muitos anos. Posso fazer a inspeção da mercadoria em cada embarque que o senhor precisar para que receba exatamente aquilo que for definido no contrato de compras.

— Vou ficar torcendo.

Em seguida, Britney disse:

— Vamos para minha sala, Marina, e mostrarei os artigos que mais usamos.

À medida que Marina recebia um artigo para desenvolver, a alegria tomava conta do seu ser. Ela saiu da sala daquela executiva com mais de dez artigos e sabia que, se conseguisse preço e qualidade, faria um bom trabalho e teria grandes quantidades para exportar em breve.

Marina estava exultante. Em sua mente, multiplicava, somava, tirava as proporções... já nem sabia que conta fazia. E pensava: "Hei de vencer! Deus vai me ajudar a conseguir desenvolver esse trabalho e atender o cliente em preço e qualidade".

Marina passou quatro dias entre Massachusetts e New Hampshire. No quinto dia, seguiu para Nova York e visitou seu cliente na empresa R T Inc., afinal, sua primeira visita a ele havia sido um sucesso.

Ela esteve também em Nova Jersey, onde visitou um grande atacadista, mas este já trabalhava com um agente no Brasil havia algum tempo, e por mais que Marina tivesse preço e qualidade, ele era fiel ao seu agente.

Após essa última visita, ela voltou ao Brasil, pois tinha muitos artigos para desenvolver.

CAPÍTULO 5

Quando chegou, Marina entrou em contato com vários curtumes para desenvolver os artigos que havia se comprometido durante a sua viagem. Trabalhou bastante para igualá-los às amostras e, quando ficaram prontos, enviou-os para o importador, que aprovou e fez grandes pedidos, sendo preciso direcionar a produção para mais de três fábricas.

Ela estava trabalhando bastante, sua ânsia era vencer como profissional, colocar sua empresa no topo da hipérbole e não deixar cair. Quando estava em casa, no fim do dia, ainda tinha alguns afazeres domésticos e auxiliava as crianças nas tarefas da escola.

Durante a procura por um curtume para desenvolver suas amostras, Marina soube de um localizado em uma cidade na região Sul que havia sido vendido para um empresário que não estava acostumado com o setor produtivo relacionado ao couro bovino. Nele, havia um grande estoque de couros bovinos curtidos semiacabados, e o empresário estava ansioso para vender o estoque, mesmo a preços abaixo do que o mercado estava praticando. Ela resolveu se deslocar até lá para conferir o estoque e negociar o valor. Ao ver a mercadoria, pensou: "Meu Deus, é o mesmo artigo que meus clientes compram. Eu tenho chance de vender. Vou mandar imediatamente amostras para eles".

E assim fez: enviou amostras para seus quatro clientes norte-americanos, que aprovaram e fizeram pedidos. Dessa maneira, Marina conseguiu esvaziar o estoque, ganhando a confiança do proprietário.

Esse empresário tinha várias empresas e era envolvido em vários ramos de negócios, mas tudo direcionado à compra e venda, e não ao setor produtivo, que é bem diferente, pois se compra a matéria-prima, coloca em produção e acompanha o controle de qualidade do produto até a entrega. Mas, por mais que se tenha muita cautela, ainda há descarte no final. Para aquele senhor, esse negócio era novidade até Marina explicar como funcionava aquele mercado em que se tem que desenvolver amostras e, após a aprovação do cliente, fazer os pedidos para se colocar em produção.

Marina pensava: "Como é bom receber incentivo quando se está desenvolvendo algo novo, da mesma maneira como aceitar alguns ensinamentos se estivermos fazendo algo errado quando pensamos que está certo. Meu Deus, ajude-me a seguir em frente nesse projeto, pois sei que não é fácil ter o controle do produto em fábricas diferentes, sendo o Brasil um país tão extenso e as fábricas que consegui desenvolver os artigos ficam na Bahia, Paraná e Rio Grande do Sul. Fico imaginando como conseguirei me deslocar para todos esses lugares. Quão bom seria se conseguisse concentrar tudo somente em um lugar".

Como estava no início de seu trabalho como agente de exportação, ela precisava de todo o controle no processo, principalmente pela qualidade e pelo preço. Vender para o mercado internacional requer muita habilidade; muitas vezes o empresário tem que ser artista: os clientes querem preço e qualidade, contudo, como conseguir isso em um país cuja economia oscila tanto?

Na vida tudo demanda muito esforço, dedicação e perseverança. Muitas vezes, quando não conseguia fechar um negócio, Marina se sentia abatida, com vontade de desistir e ficar somente em casa cuidando dos seus filhos. Mas precisava trabalhar para dar sua contribuição, pois sabia que o salário do seu marido não era suficiente para manter sua família com três filhos. Conseguia apoio na oração, e, no seu íntimo, ouvia como resposta: "Persevera. Não desista. Segue adiante. Eu estou te guiando".

Ela então passava a ter vários pensamentos positivos em sua mente e criava muitos projetos para desenvolver dentro do seu trabalho. Muitas vezes pensava até em ser exportadora em vez de agente. Quem sabe comprando a matéria-prima e mandando fabricar teria um melhor provento.

Passava o dia a somar, multiplicar, e o pensamento voava longe.

O ano de 1988 estava findando, e havia a esperança de um próspero 1989, na confiança de que, com luta e trabalho, conseguiria uma boa colheita.

CAPÍTULO 6

Marina acabara de chegar ao seu escritório em uma manhã de janeiro de 1989 quando o telefone tocou.

— Bom dia.

— A senhora Marina está?

— Sou eu.

— Meu nome é Jaime, gostaria de conversar com a senhora sobre a possibilidade de fornecimento de matéria-prima. Posso ir até o seu escritório?

— Quando?

— Ainda hoje, por favor.

— Sim, às três da tarde.

Marina ficou imaginando como comprar matéria-prima se ela era apenas agente.

Pelo tom da voz, ele parecia uma pessoa forte.

Chegou o horário do almoço; ela saiu um pouco apressada para retornar antes do horário que havia marcado com aquele senhor.

A campainha tocou e Marina foi abrir a porta.

— Boa tarde! O senhor é o Jaime?

— Sim.

— Pode entrar, sente-se. O que o senhor deseja?

— Bem, eu soube que a senhora está agenciando para várias fábricas do Sul e Sudeste do Brasil. Eu trabalho com couro bovino salgado, matéria-prima que os curtumes usam para produzir os artigos que exportam. Então, eu tenho uma proposta: eu queria fazer uma sociedade com a senhora. Nós podemos contratar um curtume onde faríamos nossa produção. Eu forneço a matéria-prima e a senhora vende e controla a produção e nós dividimos o lucro. A senhora passa a ser a exportadora.

— Vou falar com o meu esposo, que é meu sócio, sobre a sua proposta e retorno tão logo possível.

— Dona Marina, eu peço que a senhora não demore muito. Como vendo matéria-prima, o meu giro é rápido, não preciso esperar o produto para repor meu capital.

— Eu compreendo, mas tenho um sócio e não posso tomar uma decisão sem antes consultá-lo. Espero que o senhor compreenda. Vou tentar dar-lhe uma resposta o mais breve possível.

Marina ficou bastante entusiasmada com a proposta, pois deixaria de viajar tanto e concentraria a produção em um lugar só. E passaria de agente para exportadora.

No final daquele dia, quando César foi ao escritório, Marina contou sobre a visita e a proposta de Jaime. Ele ficou muito entusiasmado também, assim Marina não teria que viajar tanto e poderia controlar a produção de perto; por isso, deu seu parecer favorável à proposta.

Isso ainda resolveria uma situação urgente: naquela semana, Marina recebera um pedido volumoso do seu cliente de New Hampshire, para o qual poderia usar a matéria-prima oferecida, e assim daria um passo adiante.

No dia seguinte, ela ligou para o senhor Jaime, pedindo que ele fosse até seu escritório. Eles se reuniram e ela contou sobre o pedido volumoso que havia recebido e se já poderia aceitar, usando a matéria-prima oferecida por ele. Este concordou e fecharam o negócio.

O novo sócio enviou para o curtume a matéria-prima equivalente a 2,5% do pedido que Marina havia fechado com o importador, comprometendo-se a enviar lotes semanais, e em quatro meses conseguiriam atender todo o pedido. Mas, para sua surpresa, depois de uma semana do fechamento do negócio, aquele senhor foi ao escritório dela para cancelar o contrato.

Grande foi a dor de cabeça. Como conseguiria entregar o pedido, se não tinha dinheiro para comprar matéria-prima naquele momento? Marina pedia que Deus a iluminasse e ouvia um sussurro: "Calma! Vais conseguir".

No dia seguinte, ligou para seu cliente da Oliver Importer and Exporter Inc., sugerindo que enviassem um classificador para inspecionar 2,5% do lote e, se ele aprovasse, faria entregas mensais. A sugestão foi aceita, e ela conseguiu a aprovação do pequeno lote. Aos poucos, Marina conseguiu entregar todo o pedido. Assim começou sua atividade como exportadora no ano de 1989.

Um mês após a aprovação do pequeno lote, Marina recebeu um convite da Oliver Importer and Exporter Inc., seu maior cliente dos Estados Unidos, para visitar a Feira de Bolonha, em maio.

Novamente, foi para a Itália e desembarcou em Milão, metrópole da Lombardia, ao norte. É a região mundial da moda e do design. Cidade da bolsa de valores nacional, centro financeiro, também conhecida pelos seus restaurantes sofisticados. Destacam-se as construções imponentes da catedral gótica Duomo di Milano e do Convento Santa Maria delle Grazie. No entanto, seu destino naquela viagem era Bolonha, por isso, pegou um trem e seguiu para lá, sede da feira, onde teria a chance de conhecer diferentes artigos para tentar desenvolver no Brasil.

A cada dia, um aprendizado. Foi naquela feira que conheceu uma agente de negócios da África do Sul, a senhora Charlize, e começou a desenvolver relações comerciais com Joanesburgo. Seus negócios cresciam aceleradamente. A cada dia, mais sucesso.

Em setembro, Marina foi pela primeira vez a Paris, capital da França, centro mundial da arte, moda, gastronomia e cultura. A paisagem urbana, característica do século XIX, é cortada por avenidas largas e pelo rio Sena. Monumentos como a Torre Eiffel, a Catedral de Notre-Dame e muitos outros pedem que se pare para contemplá-los, no entanto sua finalidade era a Semaine Internationale du Cuir, que acontecia no Parque de Exposição Paris-Nord

Villepinte. O espaço da feira era muito bonito. Foram quatro dias andando pela feira. Somente no último dia, após o encerramento, conseguiu fazer um pequeno tour pela Cidade Luz.

A essa altura, ela não só exportava uma quantidade razoável como agenciava grandes volumes para o cliente de New Hampshire, e com isso ele indicava clientes de outros países, assim, sua empresa teve um crescimento acelerado. Ela tinha uma carteira considerável de clientes norte-americanos com excelente liquidez, assim como em Portugal e na África do Sul.

Sua empresa era conhecida internacionalmente, e ela só tinha a agradecer a Deus por tanto sucesso.

Marina chegou cedo ao escritório naquele dia, pois tinha muitos contatos a fazer. Ao abrir uma correspondência, teve uma surpresa.

— Sabem o que acabo de receber? — comentou com César e Victoria.

— Não faço ideia — disse sua secretária.

— Uma empresa inglesa solicitou amostras. Olhem, como nos é familiar. Sabem quem nos indicou? O nosso cliente de New Hampshire, nos Estados Unidos. Que prestígio, nossa empresa começa a se expandir pela Europa através dos Estados Unidos. Vamos nessa, pessoal!

Imediatamente, Marina respondeu que iria verificar preços e que poderia enviar uma amostra tão logo possível. Por isso, foi até o curtume e solicitou que fizessem dois meios couros, servindo como base o pequeno pedaço de couro recebido, bem como a cotação de preço. Em menos de uma semana, a amostra estava pronta.

– Olhem como ficaram bonitas. Estou certa de que vão aprovar.

– Sim, Marina, vamos ficar na torcida. Vou chamar o transporte rápido DHL hoje – disse sua secretária.

Após um longo dia de trabalho, Marina estava exausta, contudo teve que encontrar forças para dar assistência aos seus filhos, que precisavam da sua ajuda em algumas tarefas escolares; em seguida, foi servir o jantar. Depois de terminar todas as tarefas domésticas, foi para seu quarto, mas não conseguia dormir. Insônia. Então, ajoelhou-se e entrou em oração: "Senhor, perdoa-me pela minha aflição. Muito obrigada por tudo que tens feito por mim. Como eu corri naquela viagem pela Europa e pensei até em desistir. Quão difícil foi, Senhor. Tu sabes o que passei".

Após um breve silêncio, ela ouviu um sussurro: "Tudo tem seu tempo. Vá em frente". E respondeu: "Em Tuas mãos, eu coloco toda a minha vida, meus filhos, meu marido e todo o meu trabalho, e Tu cuidarás de mim".

Dez dias depois do envio da amostra, Marina atendeu a um chamado telefônico no escritório:

– Bom dia! Quem fala, por favor?

— É David Smith, da empresa Smith Corporation.

— Ah! Receberam a amostra?

— Sim, recebemos, e está perfeita.

— Fico feliz que aprovaram.

— Sim, temos uma solicitação de compra para colocarem em produção. Assim que estiver pronto, vou até aí fazer a inspeção.

— Tudo bem. Vamos confirmar o pedido através de fax.

— Sim, por favor. E informem o prazo de entrega e os dados para fazermos a abertura da carta de crédito.

— Faremos como pediu. Muito obrigada, senhor Smith.

Mais um país conquistado.

Marina chegou a sua casa bastante feliz. Seu esposo e filhos perceberam e perguntaram o motivo.

— Conseguimos o mercado inglês! A amostra que mandamos para a Smith Corporation foi aprovada e o cliente vem aqui nos visitar e inspecionar o embarque.

— Que boa notícia, mãe. Fico feliz pelo seu trabalho — disse Arthur.

A produção ficou pronta em vinte dias, e o senhor David Smith veio inspecionar e aprovou, fazendo mais um pedido.

Grande era a alegria de Marina. Primeiro, por ter conseguido um novo mercado; depois, por dar continuidade aos negócios com aquele cliente, o que era de suma importância, pois de nada adiantaria atender somente a um pedido.

A exportação é um trabalho de confiança entre as partes, credibilidade entre países dando continuidade nas vendas de produtos de um país para outro com qualidade e preço competitivo em nível de mercado internacional.

Decididamente, o ano de 1989 foi de muito trabalho, principalmente no exterior.

O ano de 1990 começou, e com ele as vendas em aceleração. Marina ia a cada três meses para os Estados Unidos visitar seus clientes. Em julho daquele ano, foi com César e seus filhos, Arthur, José e Ana, visitando de leste a oeste; chegou até São Francisco, cidade que a encantou quando lá esteve pela primeira vez, com sua mãe.

Em setembro, Marina foi com seu esposo para a Feira de Paris. Foi um sucesso para eles. Conseguiram visitar os estandes de todos os seus clientes e ainda conheceram novos. Desta vez, eles foram apresentados para um agente norte-americano, senhor John Ryan, que trabalhava com o mercado chinês: o cliente dele, na China, estava interessado em comprar quatro contêineres por semana de couro bovino curtido semiacabado, cor chrome, classificação I/II/III – 20/30/50. O senhor Ryan os informou que o couro seria acabado na China para fabricação de tênis da marca Reebok, que estava em evidência no mercado.

Marina exportava esse mesmo artigo para a Inglaterra, porém na cor preta e com recurtimento um pouco diferente; lá eles lixavam levemente o couro e acabavam com uma estampa conforme o tipo de calçados que iriam fabricar. Ela também vendia esse artigo para alguns clientes dos Estados Unidos para a fabricação de calçados.

O casal conseguiu fechar vários negócios durante o evento. Depois que as atividades da feira encerraram, foram até Frankfurt para visitar um cliente alemão, e em seguida para Verona visitar outro cliente que lhes havia enviado uma correspondência uma semana antes de viajarem para Paris.

Verona é uma cidade da região de Vêneto, no norte da Itália, com um bairro medieval antigo, erguido às margens do rio Adige. Ela é famosa por ter sido o ambiente onde se passa *Romeu e Julieta*, peça de Shakespeare. A chamada *Casa de Julieta* é uma construção residencial do século XIV, com uma pequena varanda voltada para um pátio. A Arena de Verona é um enorme anfiteatro romano do século I que atualmente sedia concertos e grandes apresentações de ópera.

Ao visitar as igrejas de Verona, Marina sentia tanta alegria que via a face de Deus, e seguidamente se lembrava de agradecer a Ele; nesse ato de agradecimento, sentia suas forças renovadas para lutar em busca de novos mercados.

Depois de Verona, seguiram para Veneza, onde tiveram a chance de fazer um tour por essa linda cidade, também localizada no norte da Itália e formada por mais de cem pequenas ilhas em uma lagoa no mar Adriático. A cidade não tem estradas, apenas canais (como o Grande Canal), repletos de palácios góticos e renascentistas. Na praça central, Piazza San Marco, localizam-se a Basílica de São Marcos, coberta de mosaicos bizantinos, e o campanário, com vistas para os telhados vermelhos da cidade.

Após visitarem essa linda cidade, voltaram para o Brasil.

CAPÍTULO 7

Marina chegou ao seu escritório em uma segunda--feira. Encontrou várias correspondências em sua mesa, entre elas um fax do agente da China que conhecera recentemente na Feira de Paris.

> Sra. Marina,
>
> Foi um prazer conhecê-la durante a última Feira de Paris. Como havia informado, tenho um cliente interessado em comprar quatro contêineres por semana do artigo Ref 01 do seu Livro de Amostra que vi durante a feira.
>
> Aguardo seu retorno o mais breve possível.
>
> Saudações, John Ryan.

Marina correu para sua secretária e disse:

— Imagine! Recebemos um fax de um cliente que conheci na feira, solicitando a compra de quatro contêineres por semana. O que acha?

— É uma grande quantidade.

— Sim. Precisamos primeiro ver se conseguimos matéria-prima para produzir tanto. A princípio, podemos mandar um contêiner, até sentirmos o cliente e conseguirmos capital para comprar matéria-prima para atender a pelo menos quatro contêineres por mês.

O escritório daquele representante ficava no estado de Wisconsin, nos Estados Unidos. Para maior segurança, Marina foi até lá conhecer melhor a empresa antes de dar início à produção.

A neve não parava de cair em Milwaukee, Marina olhava pela janela à espera de ser atendida. Uma senhora de olhos claros chegou à recepção e disse:

— Bom dia! Você é Marina?

— Sim, e você?

— Eu sou a senhora Thompson. Sou do departamento comercial da empresa.

— É um prazer conhecê-la.

— Vamos para a sala de reuniões, onde a senhora é aguardada.

Caminharam por um corredor até a sala. O senhor John Ryan disse:

— Seja bem-vinda aos negócios com a China, Marina.

— Bom dia, senhor Ryan. Como o senhor está?

— Estou bem, obrigado.

Começaram as arguições para Marina, assim como ela conseguiu informações de que necessitava para dar andamento à produção do pedido. Em seguida, mostraram seu curtume: sua maior produção era raspa de couros, que é um subproduto do couro após este ser dividido. A parte do carnal do couro se chama raspa e é utilizada para fazer luvas, aventais e muitas vezes calçados, bolsas, conforme a moda. Quando a procura é muito grande, o preço da raspa de boa qualidade se iguala ao valor da flor do couro, parte utilizada para fazer calçado, bolsa, roupa e estofamento. Eles vendiam a maior parte da produção para a China, além de serem seus representantes.

Após a visita pela fábrica, convidaram Marina para almoçar. Foram a um restaurante bem simpático que, apesar da neve que caía do lado de fora, estava bem aquecido, e como sempre, no almoço, sanduíches, ou, no máximo, uma salada Caesar.

Ao voltar para o hotel, Marina chorou muito com saudade de seus filhos e marido. Muitas vezes, ela sentia ansiedade, e sabia que isso não era saudável. Ainda mais que, depois de percorrer longas distâncias para fechar negócios, não sentia fome. Para ela, a comida naqueles lugares não tinha sabor. Sua vontade era que chegasse logo o momento de voltar para casa sã e salva.

Naquela viagem, ela passou um sufoco. Pelas condições do tempo, o voo atrasou. Mesmo as condições climáticas não sendo das melhores, o avião decolou, e a aterrissagem foi terrível em Nova York.

Finalmente, chegou ao Brasil, e ainda levou uns dois meses até conseguir dar início à produção para a China. O primeiro embarque só aconteceu no ano seguinte, pois no final do ano a produção da fábrica parava para férias coletivas.

— Já estamos findando março. Parece que foi ontem que o ano começou. Precisamos despachar as amostras para a China — disse Marina. — Ficaram boas, acredito que aprovarão o pedido. Vamos mandar via aérea para Wisconsin, e, mediante aprovação deles, daremos início à produção. Quem sabe até meados de abril temos uma posição para dar início à produção.

— Acredito que sim, Marina, e vamos conquistar a Ásia — disse Victoria.

Naquele momento, a carteira de clientes para o mercado norte-americano estava firme, pois eles compravam grandes quantidades mensais, o que dava suporte para conquistarem outros países.

O *goal* de Marina era a Ásia. Despachou as amostras e logo recebeu o primeiro pedido: três contêineres. Era óbvio que ela não embarcaria os três de uma vez. Então, produziu o primeiro e recebeu metade do pagamento antecipado. Na cidade onde estava localizada a fábrica na qual Marina produzia seus artigos não tinha navio direto para Hong Kong; o embarque era feito com transbordo em Londres, o que aumentava o prazo em quase dois meses para chegar ao destino. Quando ficou pronto o segundo contêiner, o primeiro estava chegando a Hong Kong. E deram início ao terceiro.

Naquele ano, César não quis ir para a Semaine Internationale du Cuir, em Paris, e cedeu seu lugar para Victoria, que depois da feira iria até Portugal visitar alguns clientes, uma vez que Marina teria que voltar logo para o Brasil.

A produção estava intensa, e somente ela poderia inspecionar os artigos antes do embarque, por exigência dos seus clientes, emitindo certificado de inspeção para que eles honrassem o pagamento. Marina ficou presa à produção, mas entendia que havia se comprometido com os clientes a fazer a classificação na ocasião do embarque, deixando-os mais tranquilos quanto à qualidade do produto, e também seria uma prova de sua credibilidade perante eles, pois, além de exportar diretamente, ela trabalhava como agente de exportação, e para isso se comprometia a embarcar o produto dentro das especificações.

A feira estava bastante movimentada naquele ano. Victoria estava muito feliz por estar presente naquele evento, considerado a principal e mais movimentada feira do ramo.

Naqueles dias, tudo corria bem, até que Marina recebeu um chamado telefônico:

— Bom dia, Marina! Precisamos marcar uma reunião com os agentes da empresa chinesa. Eles receberam o primeiro contêiner e fizeram alguns questionamentos.

— Desculpe, eu não compreendi.

— Vamos nos encontrar hoje, às seis da tarde, após o encerramento da feira.

No horário marcado, estava no local.

Para surpresa de Marina, começou a hostilidade dos agentes, que falaram para ela que, se não fosse até a China, não conseguiria receber o restante do valor do primeiro embarque. Segundo o classificador da empresa de Guangzhou, o produto que haviam comprado era de classificação TOP, ou seja, de primeira qualidade, mas o que receberam não condizia com o combinado.

Naquele momento, o segundo embarque já estava no porto de Londres, com transbordo para Hong Kong, e o terceiro no porto brasileiro, pronto para embarque.

Marina ligou para seu esposo pedindo orientação, pois seu regresso ao Brasil deveria acontecer em dois dias, logo após o término da feira. Ele a orientou que seria melhor tomar um voo de Paris para Hong Kong do que voltar para o Brasil e depois ir até a China. E assim fizeram. Mas essa viagem não agradou a Marina, porque, apesar de estar negociando com a China, não estava nos seus planos ir até o outro lado do mundo.

Quando Marina chegou a Hong Kong, viu que se tratava de uma ilha pertencente a um arquipélago, com mais de 250 ilhas, distribuídas em um território extenso na costa sul da China; entre as ilhas estão Lantau, Lamma Island, Cheung Chau, Peng Chau, Aberdeen e várias outras, divididas em dezoito distritos, administrados principalmente pelas ilhas de Hong Kong, Lantau, Península de Kowloon e Novos Territórios. O distrito central da ilha de Hong Kong tem uma mistura incrível de paisagens urbanas e naturais, devido ao seu território montanhoso. A vista panorâmica de Hong

Kong é muito bonita, pois se veem prédios altos e ao fundo montanhas e mar.

No dia seguinte à chegada em Hong Kong, Marina e Victoria pegaram o visto chinês no passaporte e foram de trem para Guangzhou, com duração de três horas de viagem. O agente da empresa chinesa havia garantido a Marina que um funcionário iria buscá-las na estação. No entanto, quando chegaram, estavam tão nervosas, e em meio a uma multidão, que não encontraram a pessoa que estava com a identificação "Marina". Não havia nem carrinho para bagagem, os serviços naquela estação ainda eram precários. O que elas viram foi um ônibus com o nome "Holiday In". Então, pegaram aquele ônibus e seguiram até o hotel.

A recepcionista do hotel falava inglês. Marina pediu que ela ligasse para a casa do gerente da empresa chinesa de Guangzhou, que era holandês. No entanto, quem atendeu foi sua esposa; ela passou o endereço da fábrica para a recepcionista, que escreveu em chinês e em seguida entregou para Marina. De posse desse endereço, Marina e Victoria pegaram um táxi e seguiram até a fábrica.

No caminho, Marina perguntou para Victoria:

– O que tu estás achando?

– Uma loucura.

– Pois é, quanta bicicleta, carros se encontrando com carrinhos de mão de madeira, roupas penduradas pelas janelas e muitas carinhas chinesas parecidas, muita poluição, muita pobreza. Tudo escrito em chinês. Vamos confiar em Deus e seguir até encontrar a fábrica.

Depois de quase uma hora no táxi, conseguiram ler algo em inglês: era o nome da fábrica. Marina disse para Victoria:

— Estamos chegando.

Para surpresa de Marina, a fábrica era muito rudimentar. Na recepção, a funcionária falava somente *"How are You?"*. Quando elas respondiam, a moça apenas sorria e mostrava a placa com o nome "Marina" e fazia mímica, fazendo-as entender que havia esperado duas horas na estação com aquela placa.

Em seguida, chegou um senhor de estatura média, branco, loiro, olhos claros. Era o gerente da fábrica: um holandês que falava inglês e se apresentou nessa língua para elas. Depois das apresentações formais e do relato do desencontro na chegada, Marina disse:

— Chegamos para atender seu chamado.

O gerente as levou até a produção. Quando Marina viu o artigo, disse para ele:

— A qualidade melhor que temos é a que está aqui com os senhores. Acreditamos que seja a primeira produção que recebem do Brasil. O que eu não compreendo é que o seu agente viu a classificação e aceitou, liberando o contêiner para embarque.

— Acontece que não temos uma boa planta de acabamento e não vamos conseguir melhorar este artigo.

— Nós vendemos o produto certo para vocês. Quem sabe teriam que importar esse artigo da Europa, onde a qualidade é superior à do Brasil. Nós viajamos horas para chegar até aqui porque vocês condicionaram o restante do pagamento do embarque à nossa vinda, para juntos olharmos o artigo. Pelo que estou vendo aqui, nós temos razão dentro do que vendemos. Note bem. Há alguns anos trabalhamos com o mercado norte-americano com este artigo e nunca recebemos reclamações, ao contrário, eles têm nos indicado para outros países, como nos indicaram para vocês.

Após aquela conversa, o gerente holandês disse que iria explicar aos diretores da fábrica e fariam uma proposta para que não houvesse prejuízo para o importador nem para o exportador. Em seguida, levou-as para jantar com sua esposa, que era vietnamita.

No dia seguinte, o gerente da fábrica disse para Marina:

— Conversei com os diretores da fábrica e eles pedem um desconto.

Marina tentou argumentar um pouco, mas resolveu aceitar. Após tudo resolvido, Marina e Victoria pegaram o trem de volta para Hong Kong e de lá o voo para Paris e depois para o Brasil.

Grande foi a experiência, e, como tudo na vida, um importante aprendizado.

CAPÍTULO 8

O que ocorreu com o embarque da China não intimidou de maneira alguma Marina. Sua empresa continuou exportando em grandes quantidades. Os embarques eram para os Estados Unidos, Portugal, Inglaterra, Espanha e África do Sul. E assim se passou o ano de 1991.

Em 1992, as fábricas que Marina arrendava para fabricar seus produtos precisaram fechar as portas, pois estavam em dificuldades financeiras. Mesmo Marina fazendo parceria e fornecendo a matéria-prima e eles a mão de obra, não conseguiram saldar as dívidas tributárias e trabalhistas antigas. E por mais que Marina fizesse o pagamento antecipado, chegou o momento crítico e portas foram fechadas.

Marina ficou muito preocupada; uma vez que os clientes norte-americanos exigiam que a matéria-prima fosse do Norte do Brasil, porque a pelaria dos artigos que eles compravam deveria ter poros fechados, não ter bernes nem carrapatos, e a metragem das peles deveria ser entre dezessete a vinte pés quadrados por meio couro, e esse tipo de couro Marina conseguia em algumas áreas do estado do Pará, e também em parte do estado do Maranhão.

Ela tentou fazer parceria com alguns curtumes do Nordeste, mas eles só faziam produção própria. Então, teve que desenvolver seus artigos no Sul do país, onde ela encontrou um preço acessível, mesmo tendo que levar até lá matéria-prima do Norte do país.

A maior dificuldade foi convencer os clientes de que, apesar de estar produzindo no Sul, a matéria-prima era do Norte do Brasil. Somente no decorrer dos embarques, eles se certificaram de que ela estava falando a verdade, pois o produto permanecia com a mesma qualidade.

Marina precisou ensinar todas as técnicas para o classificador que contratou para acompanhar a produção, pois, como morava no Norte, não poderia estar durante o processo produtivo; só ia quando a mercadoria estava pronta para classificação. Algumas vezes, teve descartes, pois a mercadoria não estava igual quando ia diariamente à fábrica.

O ideal seria que seu esposo e filhos aceitassem morar no Sul, o que só aconteceu anos mais tarde.

Havia seis anos que Marina estava naquele ramo de negócio e seu capital começou a aumentar, contudo sua empresa era chamada de fábrica de pasta, isto é, fabricava seu produto em unidades de terceiros porque não tinha um curtume. Por isso, não era reconhecida como atividade produtiva.

Um dia, ela comentou com seu esposo sobre a possibilidade de construírem seu próprio curtume.

— Que tal comprarmos uma área no distrito industrial para, no futuro, conseguirmos uma planta para produzir nossos artigos? Dessa maneira, evitaria ter que viajar todos os meses para inspecionar mercadoria. O que achas?

— Bem, acho que podemos amadurecer a ideia. Talvez consigamos fazer um galpão com recursos próprios, mas as máquinas são caras, assim como a parte elétrica e o tratamento de efluentes de água.

— Sim, o tratamento de efluentes e o projeto elétrico terão um custo bem alto. Podemos procurar primeiro comprar uma área de terra e, aos poucos, vamos construindo sem prejudicar o capital de giro da empresa.

— Então, vamos fazer dessa maneira — disse César.

No primeiro semestre daquele ano, Marina amadureceu muito a ideia de construir uma fábrica para produzir seus artigos para exportação sem, todavia, deixar de fechar pedidos e estar sempre atenta ao mercado internacional. Então, em setembro, mais uma vez Marina e César foram para a Semaine Internationale du Cuir, em Paris, e entraram com o pé direito naquele ano. Já no registro de visitantes, encontraram um de seus clientes norte-americanos, que expressou alegria ao encontrá-los.

— Olha quem encontramos, o casal Marina e César. Como estão?

— Nós estamos bem. E como está a Oliver Importer and Exporter Inc., senhor Oliver?

— Melhor agora que encontrei vocês. Precisamos passar um pedido de três contêineres daquele último artigo que nos embarcaram.

Marina ficou com o pensamento voando longe. Multiplicou, dividiu, somou... Entrar na feira e logo receber um grande pedido de um dos seus maiores clientes!

— Tem um café com umas mesas aqui perto. Vamos até lá e anotaremos o pedido — ela disse.

— Marina, em quanto tempo você consegue nos entregar os três contêineres? — perguntou o senhor Oliver.

— Precisamos de vinte e cinco dias úteis. Não temos artigo algum em estoque.

A essa altura, César pensava que teria que trabalhar bastante fazendo contatos com os fornecedores de matéria-prima, pois esse trabalho não era nada fácil.

— Vou ligar para o escritório no Brasil para a minha secretária formalizar o pedido via fax.

— Vamos aguardar o fax só para formalizar, mas já contamos com os três contêineres. Certo, Marina?

— Claro. César vai contatar alguns fornecedores mais tarde por telefone para reservarem a matéria-prima.

O casal se despediu do empresário e caminhou pela feira conversando:

— Bem, se nossa presença fosse só por pedido, somente esse nos permitiria já ir para o hotel tranquilos — disse Marina.

— Sempre conseguimos novos clientes neste evento — César comentou.

Naquela feira, participavam empresas do mundo inteiro relacionadas ao ramo coureiro-calçadista. Um evento muito elegante por ser em Paris, tudo muito sofisticado: os estandes eram bem decorados; os homens trajavam paletó e gravata; e as mulheres, *blazers* e saias ou vestidos elegantes.

No dia seguinte, Marina e César conheceram mais um cliente do Reino Unido, apresentado por intermédio de uma cliente da África do Sul, Charlize.

— Marina, gostaria de apresentar-lhe o senhor Smith.

— Muito prazer. O que o senhor está achando da feira?

— Bem movimentada. A propósito, estou negociando um artigo que é muito produzido no Brasil e estava justamente procurando um fornecedor desse país.

— O senhor tem alguma amostra em mãos?

— Não, mas posso endereçar-lhes tão logo retorne ao meu escritório.

— Sr. Smith, temos comprado alguma produção de Marina e César e posso garantir que os artigos são de qualidade, assim como a produção não atrasa — disse Charlize.

— Bem, eu gostaria de ver uma pequena amostra, e, se aprovar, faço o pedido de um contêiner.

— Sem problemas. Tão logo receba o seu mostruário, faço uma contra-amostra para aprovação. Mais uma vez, foi um prazer conhecê-lo.

— Da mesma forma, Marina — respondeu o senhor Smith.

Marina e César seguiram com a Charlize pela feira, conversando e agradecendo pela gentileza de ter apresentado mais um cliente a eles.

Todos os anos, Marina e César costumavam visitar aquela feira onde tinham oportunidade de reuniões com pelo menos quatro clientes norte-americanos que eram expositores, assim como clientes de outros países que também faziam suas exposições.

Tudo sorria para aquele casal naqueles dias.

Quando saíam da feira, seguiam para a Basílica de Sacré-Cœur para agradecer por todas as graças que Deus lhes dava e depois admiravam a beleza da avenida Champs-Élysées.

Paris tem uma beleza que encanta a todos; sua arquitetura suntuosa, seus monumentos, museus, tantos lugares para visitar, assim como contemplar seus jardins. Em setembro, o céu fica azul e as noites são agradáveis. Então, paravam em algum daqueles restaurantes nas ruas que cortam a Champs-Elisées e tomavam um *Beaujolais*, acompanhado de *entrecôte de veau*.

Depois iam para o hotel descansar, e no dia seguinte voltavam revigorados para novas conquistas.

Após o término da feira, tomaram um trem em Paris e seguiram para outros países europeus onde visitaram clientes, na Alemanha, Itália, Portugal e Inglaterra.

CAPÍTULO 9

Marina conseguiu entregar os três contêineres para seu cliente dos Estados Unidos, conforme fora combinado no início de setembro, durante a Feira de Paris; e também as amostras para o senhor Smith. Os meses seguintes foram tranquilos, com produções normais para Portugal e Estados Unidos.

A cada três meses, Marina visitava seus clientes nos Estados Unidos, assim como costumava ir duas vezes por ano para a Europa: nos meses de maio, quando acontecia uma feira em Bolonha, na Itália, e em setembro, na Feira de Paris. Após esses eventos, ela visitava alguns clientes em Portugal, na Espanha e na Inglaterra.

Ela também ia todos os meses para o Sul do Brasil, onde se localizavam os curtumes que prestavam serviço para sua empresa. Como ela prometeu aos clientes, inspecionava toda a mercadoria e dava um laudo antes de fazer o embarque.

A ponte aérea entre o Norte e o Sul do Brasil estava deixando-a exausta, e era frequente a ideia de construir seu curtume no lugar onde morava.

No início do ano de 1993, surgiu a oportunidade de comprar uma área no distrito industrial do município onde ela residia. E adquiriu a área para futuramente construir um galpão para instalar seu curtume.

O pensamento de Marina voava sempre longe. Naquele lugar, sonhava com a fábrica em atividade, muitos funcionários, máquinas novas, um bom tratamento de efluentes de água, refeitório, escritório, campo de futebol com um gramado bem verde para que os funcionários, após o expediente, ou aos sábados, pudessem bater uma bola. Logo na entrada do terreno, plantaria árvores já adultas e verdejantes, e no pé das árvores algumas plantas rasteiras e floridas, para que os que lá entrassem sentissem energia positiva. Mas tudo não passava de um sonho, pois ela sabia que o custo para implantação de um curtume era alto e ela não possuía verba suficiente para realizar esse projeto.

Naquele ano, o mercado estava escasso, o preço da matéria-prima subia escandalosamente e a taxa de câmbio estava muito baixa, inviabilizando totalmente as exportações. Como deixar os clientes que tanto lutou para conseguir?

Tentar a importação seria uma alternativa, mas ela sabia que o mercado interno estava sem liquidez. Marina falava para si: "Deverei ser uma artista para trabalhar como empresária no meu país? Eu lutei tanto para conseguir meus clientes internacionais. Provei para eles que os empresários brasileiros honram seus compromissos. Procurei mostrar que temos palavra, priorizando a qualidade do produto e um valor competitivo internacionalmente. Busquei entrada de divisas para o Brasil. E agora? Como incentivar meus filhos a levarem seu país para a frente se hoje estou sofrendo tamanha consequência? Que país é esse?".

Marina sentia-se desesperada e conversava com César para ele tentar que os fornecedores de matéria-prima reduzissem os preços. Mas como eles poderiam fazer isso, se dentro do que eles vendiam também estava embutido um custo elevado e cada vez se tornava mais escassa a matéria-prima?

O que acalmava Marina era sua conversa com Deus. Ao final de cada dia, rogava incessantemente e sentia que uma força cada vez mais forte brotava do seu interior. No dia seguinte, Marina conseguia visualizar novos horizontes e seguir sua jornada sem precisar parar seu trabalho.

Marina e César, aos poucos, começaram a levantar o galpão da fábrica. Todo o lucro das vendas era colocado nesse investimento.

Foi um ano muito difícil. Apesar das dificuldades em encontrar matéria-prima a preços baixos, Marina honrava seus compromissos, pois não poderia cancelar pedidos ou mesmo recusar novos pedidos, sob o risco de sair do mercado. Como ela gostaria de explicar nas áreas governamentais o quanto o empresário era prejudicado a cada mudança de plano...

Reverter os papéis era necessário, como ocorreu no início da abertura de sua empresa, quando foi aos Estados Unidos oferecer matéria-prima brasileira; ao retornar, os preços estavam galopantes e recebeu uma proposta do importador norte-americano para representá-lo no Brasil e vender seu estoque. No entanto, não era esse o alvo de Marina: sua vontade era de crescer exportando e cada vez mais divulgar os produtos do Brasil, pois é um país que produz tudo e não precisava importar para baixar os preços.

A situação ficou caótica para os exportadores brasileiros. Não valia a pena vender para o mercado interno, pois não tinha boa liquidez; além do mais, de que adiantaria vender e não receber? Naquele momento, todos os empresários estavam sem dinheiro para saldar seus compromissos em dia, e, como diz o ditado, estavam "empurrando com a barriga", mas era como uma bola de neve, e o resultado esperado: fechamento das portas.

Toda essa situação deixava Marina moída. Trabalhar tanto, correr mundo afora, e num clique tudo desaparece.

Que alternativa tomar: parar de exportar e colocar suas economias na construção de uma fábrica? E os clientes, entenderiam a posição de Marina? Poderiam até entender que seria bom para as duas partes, mas teriam que buscar outros fornecedores em outros países, e, quando a situação normalizasse, não confiariam em recolocar cem por cento das suas compras.

O que iria acontecer: as compras se iniciariam com 20% e aumentariam gradativamente, quem sabe até 50%, porém não poderia ter grandes esperanças, pois seus clientes já teriam novas fontes com entregas habituais e sem oscilação nos preços.

Contudo, Marina não perdia as esperanças e sempre buscava Deus para acalmar suas preocupações. E já no final do ano começou a receber boas notícias.

— Alô.

— Boa tarde, Marina. Aqui é o senhor Joseph. Eu trabalho para um grupo argentino, mas temos parceria com o seu cliente de Nova York, a empresa R T Inc.

— Boa tarde. Em que posso ajudá-lo?

— Bem, o senhor Taylor me disse que você está construindo um curtume na sua região e que precisaria de uma parceria para o empreendimento.

— Sim, senhor. Estamos com maquinário instalado, mas demos entrada em um projeto para tratamento de efluentes de água, projeto elétrico e capital de giro para então colocarmos em funcionamento.

— Você sabe me informar em quanto tempo conseguiria, pois temos interesse em fazer uma parceria com vocês pela indicação do senhor Taylor.

– Bem, estamos dependendo da aprovação e liberação do nosso projeto, e pode sair a qualquer momento.

– Quando tiver sido aprovado, comunique para amadurecermos nossa ideia de parceria.

– Sim, eu aviso, senhor Joseph, e muito obrigada pela sua ligação.

Marina ficou pensativa e agradecia a Deus por uma nova esperança.

CAPÍTULO 10

O ano de 1994 chegou e com ele novas esperanças de um futuro melhor.

Marina e César começaram os preparativos para a Feira de Hong Kong que iria acontecer no final do mês de março. Desenvolveram amostras e agendaram reuniões com importadores que eram seus clientes e tinham estandes, assim como conseguiam saber, por meio de informações recebidas por fax, os demais expositores, que, apesar de ainda não terem relações comerciais, sabiam ser excelentes compradores, e iriam tentar negociar com eles.

O mercado seguiu para a Ásia, e a famosa Feira de Paris se tornou uma feira local, dando lugar a Hong Kong, para onde o mundo dos negócios se dirigiu.

Finalmente, chegou o dia da viagem para Hong Kong. Marina já não se preocupava como seria aquela cidade da Ásia, mas para César tudo seria novidade, afinal, era sua primeira vez na China, o Grande Dragão da Ásia.

Quando chegaram, César notou logo o quanto aquela cidade era desenvolvida, a começar pelos serviços do aeroporto. Logo após a coleta das malas, uma porta se abriu e lá estava o trem expresso que os levaria à estação central. Era um trem com vagões pequenos, onde se visualizava as malas, sem ter que andar todo vagão, para poder acomodá-las, como se fazia na Europa; também em cada poltrona havia uma pequena televisão, ligada a um noticiário, deixando-os informados sobre o que estava acontecendo pelo mundo. Cerca de oito minutos depois chegaram no centro, em uma estação onde já estavam os ônibus com os nomes dos hotéis, o que facilitava para os turistas que não falavam chinês.

O primeiro dia foi apenas para o descanso. Ficaram iguais a zumbis devido à diferença de onze horas de fuso. Chegaram pela manhã a Hong Kong, mas no Brasil ainda era noite do dia anterior.

O hotel em que se hospedaram ficava em Kowloon, que está localizada ao norte da ilha de Hong Kong e ao sul da parte continental dos Novos Territórios. A área da península é de aproximadamente quarenta e sete quilômetros quadrados. Kowloon, juntamente com a ilha de Hong Kong, contém 48% da população total de Hong Kong. Seu comércio é intenso; entra-se e sai de túneis aéreos, ou seja, sai de um hotel e entra em um shopping center. É de enlouquecer tantos objetos para comprar. Tem de tudo, do mais barato ao mais caro, do bom ao descartável. É uma loucura.

Naquela época, os chineses começavam a negociação das mercadorias a preços altos e no fim da negociação perguntavam: quanto paga?

A ilha de Hong Kong tem prédios muito bonitos com paisagismo. Tudo muito moderno. Há muitos hotéis, mas os preços são altos. Hong Kong é o centro financeiro da Ásia.

O centro de convenções, onde se realizam diversas feiras, é supermoderno, tem oito andares. Incrível! Vê-se gente do mundo inteiro. Marina e César viram um homem muito alto; ele era do Paquistão, e falavam que era o homem mais alto do mundo. Também viram outras figuras inusitadas.

A feira ocupava mais de quatro andares daquele prédio, tudo relacionado a couros e peles: matéria-prima, produtos químicos, acessórios, calçados, bolsas, vestuário, palestras sobre processo produtivo de couros.

A feira estava muito movimentada. No primeiro momento, fizeram uma volta geral para se localizarem. Quando encontravam um estande sem movimento, entravam e se identificavam para poder adquirir cartão de visita ou, quem sabe, até um negócio. Após circularem rapidamente pela feira, visitaram seus clientes para fecharem novos negócios e saber quais as expectativas sobre a feira.

No segundo dia, eles visitaram os importadores que haviam agendado antes de saírem do Brasil, na tentativa de realizarem algum negócio ou mesmo marcar uma visita à fábrica ou ao escritório daqueles expositores.

Marina queria conquistar a Ásia. Ela sabia que a expectativa em vinte anos era de a economia da China estar equiparada à economia dos Estados

Unidos. Muitas empresas norte-americanas naquela época já estavam se instalando na China.

No terceiro dia, eles visitaram o andar onde ficavam as máquinas e os equipamentos, assim teriam a chance de ver algo inovador para os curtumes que tinham parceria com eles, pois ali era uma exposição geral de tudo o que se relacionava a couro e peles.

No final das tardes, após a saída da feira, eles tomavam o barco de volta para Kowloon e percorriam as ruas daquela ilha até o anoitecer. Havia muitas joalherias pela cidade oferecendo artigos com pedras de jade. Um grande comércio de tudo que se possa imaginar.

Notavam que à noite as lojas fechavam as portas e os camelôs iam para as ruas vender objetos a preços de banana; podia-se comprar carteiras porta-cédulas de couro por dois dólares, assim como blusas de seda e camisolas a preços imperdíveis.

Quando se aproximava a hora do jantar, iam para o hotel, que tinha uma cozinha internacional, pois nos restaurantes fora dos hotéis a comida era chinesa e ficavam com receio por não conhecerem. Antes mesmo de entrarem nos restaurantes, já sentiam o cheiro da comida, bem diferente da gastronomia brasileira.

Assim, passaram os quatro dias da feira, e bons negócios foram feitos, inclusive obtiveram muitas amostras para serem desenvolvidas.

Apesar de Hong Kong, e de modo geral a China, estar em evidência, os clientes mais fortes de Marina ainda eram os dos Estados Unidos, da Inglaterra e de Portugal.

Já se escutava dizer que as fábricas nos Estados Unidos estavam fechando as portas por não conseguirem competir com os preços da China, tendo em vista que a mão de obra paga naquele país representava um prato de comida. Na verdade, àquela altura, a China e a Índia poderiam alcançar o ranking dentro daquele ramo de negócio. O mundo não estava mais voltado apenas para o ocidente, mas também para o oriente, e a globalização entrou em cena.

Em setembro daquele ano, Marina foi sozinha à Feira de Paris, pois o custo estava muito alto para irem dois membros da empresa em três feiras internacionais no ano.

A essa altura, Marina já tinha construído um galpão e instalado as máquinas para fazer o beneficiamento de couros e peles, no entanto, não conseguia operar ainda e enviava sua matéria-prima para o Sul do país e continuava viajando para aquela região, a fim de despachar o produto quando estava pronto. Com isso, ela conseguia pagar seus compromissos e honrar o pagamento das máquinas para o banco. Mesmo efetuando os pagamentos em dia, a pressão para colocar o curtume em funcionamento era muito grande; pois o verdadeiro objetivo do financiamento era produzir no local em que estavam as máquinas. Em face disso, ela mandou fazer um projeto para tratamento de efluentes, energia e capital de giro.

Toda essa situação deixava Marina muito nervosa e ela sempre se recolhia e orava com muito fervor: "Senhor, toma conta dos meus negócios".

Naquele momento, ela hesitava como se algo dissesse para não fazer aquilo, e apenas seguir com as exportações, sem operar a fábrica.

O ano estava findando quando Marina conseguiu a aprovação do banco para executar seu projeto. Contudo, só foi liberado o valor referente ao tratamento de efluentes de água, retendo o valor do projeto elétrico e do capital de giro.

Ela poderia, sim, comprar as máquinas e os equipamentos para o tratamento de água, mas como poderia operar sem energia? A parte elétrica também representava um valor considerável. O banco prometeu a Marina que, se ela conseguisse fazer a parte elétrica com seus próprios recursos, eles liberariam posteriormente o valor restante do projeto. Marina confiou na promessa do banco e usou seu recurso para operacionalizar a fábrica na esperança da liberação do restante do valor do projeto, o que nunca aconteceu.

CAPÍTULO 11

O curtume foi instalado no início de 1995, mas como arcar com a matéria-prima e com o pessoal? Todo o recurso que Marina tinha foi usado para concluir a fábrica.

Ela partiu em busca da empresa argentina que, anteriormente, havia ligado por indicação do senhor Taylor, da R T Inc., oferecendo parceria quando a fábrica estivesse pronta para entrar em operação.

Poucos dias após Marina ter ligado, a empresa argentina enviou um representante até o local onde estava instalado o curtume e fez algumas solicitações para que pudessem trabalhar. Então, ficou acertado que Marina e César entrariam com o pessoal, ou seja, a parte operacional; e os parceiros, com a matéria-prima e os produtos químicos e pagariam uma parte antecipada para dar um suporte financeiro, e posteriormente o pagamento seria semanal.

Grande foi a alegria deles quando ouviram os motores das máquinas em funcionamento, todavia uma preocupação os rondava; nada podia dar errado, uma vez que não tinham margem para suportar qualquer incidente.

A parceria mostrava-se proveitosa para ambas as partes. Marina estava muito feliz em ver a produção a todo o vapor; acompanhava tudo o que estava acontecendo naquela fábrica e elaborava muitos planos em sua mente e, quem sabe, logo teriam a chance de saldar tudo o que tinham pendente, e um dia serem capazes de produzir por conta própria. Ela sabia que não seria nada fácil, mas o importante era conseguir funcionar com precisão.

Era importante buscar mais clientes, para produzir em outra planta de acabamento, onde seria comissionada, pois no seu curtume o contrato era apenas mão de obra para a empresa argentina, sem poder comercializar as vendas dos artigos ali produzidos.

Infelizmente, após seis meses, a empresa argentina deu adeus sem ao menos uma explicação. Puxou o tapete, com toda força. Marina ficou atônita, pensava em como dar sequência, pois ela ainda não tinha conseguido quitar os ajustes que os argentinos haviam pedido. Onde arranjar recursos para saldar os compromissos assumidos?

A situação estava cada vez mais complicada, não apenas para Marina, mas para todos os exportadores.

Ela conseguiu o contato de um advogado consultor de empresas, estabelecido no Rio Grande do Sul e que tinha bastante experiência em empresas com dificuldades financeiras, uma vez que, no Sul do país, naquela época, houve muitas fábricas que entraram em concordata – favor legal a empresas com dívidas –, pois, na maioria das indústrias as vendas eram direcionadas à exportação, e o governo havia instituído o depósito compulsório – dinheiro que o correntista é obrigado a manter no Banco Central – por um determinado período, o que tornava inviável a exportação.

Marina ligou para o escritório do doutor Pedro e foi atendida por um homem com voz jovial. Ela logo expôs sua situação:

– Bom dia! Eu sou Marina e tenho uma empresa de exportação no Norte do Brasil e recém-inaugurei um curtume. Fiz uma parceria com um grupo argentino, mas os empresários nos deixaram após seis meses de funcionamento. Preciso de um consultor.

– Sim, eu tenho muitos processos de empresas exportadoras neste momento. Podemos marcar e vou até aí.

– E os seus honorários, são antecipados?

– Pelo que a senhora está me expondo, a situação financeira de sua empresa deve estar difícil. Envie a minha passagem e então conversamos quando eu chegar ao seu escritório. Não precisa pagar honorários antecipados.

Marina comprou a passagem para o advogado dois dias após a conversa.

Era o mês de abril, e chovia muito quando o advogado chegou. Almoçaram e em seguida dirigiram-se ao escritório de Marina.

– Marina, peço que me relate tudo o que está acontecendo, mostre-me todas as contas e não fique com receio ou constrangida de expor a situação de sua empresa, senão vou dar um parecer que não será eficaz para o que precisa ser feito — solicitou o advogado.

Ela relatou toda a situação da empresa, expondo os mínimos detalhes. Após ele ouvir a explanação, começou a dar o seu diagnóstico.

Enquanto Marina ouvia o advogado, sentia como se sua empresa estivesse com um câncer, na verdade, o câncer estava nela, pois acreditava tanto naquela pessoa jurídica que se confundia com pessoa física e se contorcia abraçada nos papéis, por isso disse:

— Não dá para suportar. Eu acreditei tanto. Fiz tudo que o banco me pediu, mas ele não teve honradez com a minha empresa.

Doutor Pedro se manifestou:

— Não adianta lamentar, temos que partir para as correções. Vou listar o que precisa ser feito. Mas nem tudo está perdido. Em primeiro lugar, tu tens um importante trunfo nas tuas mãos. Os teus clientes te consideram e tens grande reputação no mercado internacional. Então, vai para o Sul, onde estão as fábricas que produzem os artigos que vendes, e começa tudo de novo. Quando eu falo começar de novo, é fazer aquele trabalho que fizestes no início da tua atividade como pessoa jurídica, desenvolvendo amostras, trabalhando como agente para poderes recompor teu capital, e aí, quem sabe, consegues exportar novamente. Minha cliente, permita que te chame assim, precisas ter serenidade para trabalhar e assim conseguirás superar as dificuldades. O câncer que acreditas ter na tua empresa ainda não se alastrou para ti. Sinto ainda firmeza e podes vencer novamente. Aluga teu curtume, pois se as máquinas ficarem paradas vão enferrujar e obviamente depreciar. Assim terás uma renda e vais amortizando os débitos em primeiro lugar, depois as rescisões contratuais e os impostos pertinentes a elas. Coragem e vamos seguir adiante!

Dois dias depois, o advogado voltou para sua cidade e Marina começou a seguir a lista de orientações deixada por ele.

CAPÍTULO 12

Os dias pareciam mais claros naquele junho de 1996, quando Marina e César conseguiram alugar o curtume, o que os ajudou a partir com seus filhos no mês seguinte para o Sul do país.

O dia estava cinzento, os termômetros marcavam três graus, no entanto a sensação térmica era abaixo de zero grau centígrado, e lá estavam: Marina, César e seus filhos José, Ana e Arthur. Todos sentados na sala de estar do apartamento que haviam alugado naquela cidade friorenta.

Marina disse a seus filhos:

— Quando a primavera chegar, as flores aparecerão em várias cores e o sorriso vai estar em nossos lábios. Tenho muita fé que em poucos meses vamos nos acostumar e, quem sabe, o que estamos passando seja um aprendizado para todos nós. Tenho certeza de que o que aprenderão aqui servirá para o futuro. Eu sei que é muito difícil deixar parentes, amigos, namorada e o calor da nossa cidade. Mas, quem sabe, Deus nos mandou passar um pouco da tempestade neste lugar, enquanto vem a bonança para retornarmos a nossa cidade; e vamos nos alegrar, cantar, saltear e dizer: "Venci mais uma etapa da vida" e "Que aprendizado! Obrigada, Senhor!". Me perdoem se estou fazendo vocês passarem por isso, mas a vida dá muitas voltas. É como um jogo: se perde ou se ganha, caminho que leva e que traz, mistura de dor e paciência. Vamos sempre para a frente seguindo a luz divina. Não deixemos nos abater. Coragem!

Marina sentia como se todos estivessem com o olhar distante. Será que eles tinham conseguido ouvir o que ela falava? O pensamento daqueles adolescentes parecia estar longe daquele lugar.

Os dias foram passando. Marina fazia de sua casa o escritório, pois não tinha ainda um estabelecimento comercial alugado para usar.

Devido ao período de férias escolares, todos ficavam em casa e, quando acabavam de almoçar, recolhiam-se em seus quartos.

Ao passar pelo quarto da sua filha, um dia, ouviu choro e o som de uma música bem baixa que ela costumava ouvir. Aquilo partiu o coração de Marina. Então, no final da tarde, ela foi até a igreja assistir à Santa Missa. Ao final, ficou de joelhos aos pés da cruz, que ficava no fundo do templo, e clamou ao Senhor. Quando saiu dali, sentiu-se mais aliviada como se tivesse sido revigorada e ficou mais confiante.

No final do mês, Ana prestou vestibular em uma faculdade daquela cidade e foi aprovada no curso de direito, o que a deixou feliz, com o sorriso nos lábios. Foi uma alegria para todos da família. Uma vitória alcançada.

O mês de agosto começou e Arthur continuou o segundo grau em um colégio bem-conceituado daquela cidade. José voltou para sua cidade natal para concluir seu curso de engenharia civil; estava cursando o último ano.

Com o passar do tempo, Marina conseguiu novos curtumes para agenciar exportação. Um deles resolveu investir em Marina e pagou sua viagem para ir à Feira de Paris, em setembro daquele ano. Apesar de custearem hotel e passagem, a alimentação também pesava para ela naquela cidade; no entanto, conseguiu fazer bons contatos e adquiriu novos clientes.

Aos poucos, eles foram adaptando-se aos costumes do Sul e com muito esforço conseguiram alugar uma sala comercial para ser a sede da empresa que tinham registrado para fins de agenciamento e exportação.

O mercado não estava tão acelerado no segundo semestre daquele ano. As vendas estavam fracas e isso preocupava muito Marina, pois precisaria mais do que nunca vender e vender.

Mais um ano se iniciou, e a esperança de tudo seguir adiante em 1997, com serenidade, paz e harmonia na sua casa, e isso estava acontecendo. Seus filhos ajudavam nos trabalhos domésticos e eram alunos exemplares. Muitas vezes é preciso vivenciar certas situações para aumentar o aprendizado.

Apesar de não estarem com tantos negócios, a paz voltava a reinar no lar, e a valorização pelo que realmente era necessário acontecia.

Marina estava compreendendo a diferença entre ir a um lugar a trabalho apenas por uns dias e depois voltar a sua terra e viver realmente naquele lugar. Acompanhar os gostos e costumes de outra cidade, mesmo dentro do seu país, é notar a diferença entre Norte e Sul, as disparidades regionais.

O Sul do Brasil é muito bonito, com regiões montanhosas onde o verdejante encanta em contraste com as flores que perduram durante a primavera, e muitas vezes sorriam ao vê-las, de tão linda que a natureza se mostra. Marina sentia vontade de colher uma delas para sentir o perfume e a maciez, no entanto, se continha, pois sabia que logo teria em suas mãos uma natureza morta.

Na cidade em que moravam, as ruas eram limpas devido ao serviço público eficiente; não se encontrava sujeira nas vias. Esse aspecto ganhava destaque por sempre ter canteiros nas entradas das cidades, que mudavam conforme a estação do ano.

A sensação era de que os habitantes viviam em uma condição de igualdade, pois Marina não sentia grande diferença de classe social como via na sua região. No entanto, ao lembrar do calor humano nortista e o cheiro das árvores gigantes, a floresta exuberante da Amazônia, a melancolia tomava conta do ser daquela jovem senhora e pensava: "Eu voltarei a minha terra natal, estou passando uma chuva nesta região. E quando eu voltar, verei meus rios amazônicos mais bonitos ainda, jorrando muita água em contraste com o verde das árvores, o canto do uirapuru, as histórias da Matinta Pereira, o açaí, as frutas exóticas da Amazônia e tudo mais que a região oferece".

Realmente, a ideia de Marina e César era trabalharem até terem suporte para voltar e, quem sabe, conseguir uma parceria para tocar sua fábrica.

Todos os finais de semana, César pegava o seu pequeno carro e junto com Marina, Ana e Arthur saíam para conhecer as pequenas cidades da região. Eles admiravam o quanto os produtores valorizavam a colheita e comemoravam cada safra, com festas e tudo mais. Assim, eles passaram a conhecer cada vez mais os costumes daquela região.

Naquele ano, Marina conseguiu fazer uma viagem comercial aos Estados Unidos, onde visitou dois novos importadores: o senhor William, da empresa NH Company, localizada em uma pequena cidade do estado de New Hampshire, e o senhor John, da empresa JL Company, localizada na cidade de Ipswich, no estado de Massachusetts. Àquela altura, ela estava começando a aumentar as vendas e já trabalhando com mais de dois curtumes do Sul do país, agenciando vendas e ganhando comissões sobre elas.

Marina também estava enviando couro bovino curtido em *wet blue* para uma empresa mexicana. O diretor dessa empresa, senhor Ernesto, veio até o Brasil para inspecionar a mercadoria e a aprovou, fazendo outros pedidos. Também os convidou para conhecer sua fábrica na cidade de León.

Naquele mesmo ano, Marina e César foram até León, cidade do centro da República Mexicana, situada no estado de Guanajuato, e conhecida por seu patrimônio cultural e histórico, além de ser um importante centro de negócios e produção de calçados do país. Os visitantes foram apresentados a uma excelente gastronomia, muitos museus, lojas, jardins e diversos pontos turísticos. O senhor Ernesto foi muito receptivo com o casal, disponibilizando-se a ir com eles ver os pontos turísticos após a visita na fábrica. A viagem foi muito proveitosa e fizeram bons negócios com esse importador.

O final do ano chegou, e a família retornou ao Norte para a colação de grau do seu filho mais velho, José. Ficaram na casa dos pais de Marina, que ainda eram vivos e moravam em uma grande e bonita casa.

Quanta alegria Marina sentiu em estar na casa dos seus pais; reviveu seu tempo de criança até o casamento. Pensou quanta coisa boa viveu naquela casa, quanta abundância de comida, quanta prosa, quantas festas e comemorações. Que saudade!

Eles ficaram muitos felizes em entregar o diploma para seu primogênito. Mais uma etapa vencida e eles se rejubilavam com a vitória do filho, a quem diziam repetidamente: "Parabéns, meu filho!".

As férias da família foram de apenas duas semanas e tiveram que retornar, pois seu trabalho não era mais ali naquela região e sim a mais de três mil quilômetros de distância. A essa altura, os negócios começavam a melhorar e também tinham serenidade no trabalho.

Antes de voltar, Marina foi a uma igreja e ajoelhou-se, agradecendo a Deus: "Obrigada, meu Deus, por nos permitir ter vindo para a formatura do meu filho. Eu Te louvo e agradeço por tudo o que tens feito por mim. Deixa-me seguir sempre olhando para a frente, deixando o passado de lado e buscando sempre um dia melhor. Sei que estás ao meu lado em todos os momentos para me fortificar e me renovar e assim serei feliz. Muito obrigada, Senhor!".

CAPÍTULO 13

O ano de 1998 começou lento, no entanto Marina e César resolveram visitar a Panamerican Leather Fair, em Miami. Nessa feira, encontraram o senhor Ernesto, diretor da empresa mexicana que tinham visitado no ano anterior. Mantinham um bom relacionamento comercial, mas o empresário lhes comunicou que não poderiam continuar porque quem financiava sua empresa era um cliente da Inglaterra, e certas exigências o obrigavam a encerrar a parceria. Marina ficou triste, pois a relação comercial era muito boa, mas sabia que todo negócio deveria ser bom para as duas partes e compreendeu perfeitamente o motivo que o cliente alegou.

Nessa feira, ainda encontraram seus clientes americanos e europeus. Os negócios começavam a se encaixar, mas seu esposo ainda sentia muita saudade de sua cidade e já não demonstrava interesse pelo negócio, então começou a procurar uma alternativa de trabalho e encontrou.

Ele já tinha trabalhado como representante de vendas havia anos, mas trabalhar em outra região se mostrou bem diferente. Ele começou com toda força; as vendas aumentavam a cada dia, o que o deixava muito feliz, e via-se como na época em que atuava na sua cidade e pensava que os clientes seriam semelhantes aos que conheceu no passado: com uma situação financeira confortável, permitindo que pagassem suas duplicatas em dia. No entanto, percebeu a escassez de liquidez dos clientes atuais, tornando o negócio inviável.

Marina preocupava-se muito, pois havia pouco tempo que tinha experimentado uma situação financeira terrível e tentava mostrar ao marido que não podiam perder nem um centavo sequer e que o ideal seria ele desfazer a sociedade que havia constituído com um amigo, a fim de evitar problemas futuros.

Na verdade, ele vendia muito, porém os clientes não pagavam e a situação ficou cada vez mais crítica, a ponto de Marina ter que tirar das suas comissões para ajudar a manter aquele negócio. Foram meses difíceis, até que chegou o momento em que César concordou com Marina e decidiu comunicar ao seu sócio o que estava acontecendo. Este compreendeu e achou melhor encerrarem a atividade antes que a situação se agravasse.

Fazia mais de quatro anos que Marina vivia uma turbulência, ora financeira, ora familiar, principalmente quando o seu pai entrou em estado terminal, acometido de um câncer que logo chegou ao estágio de metástase.

Marina sentia uma dor tão intensa, como que em seus ossos, ao pensar que seu pai havia trabalhado a vida inteira, um homem que veio do zero e conseguiu uma grande ascensão na vida, mas o seu tratamento em hospital particular era muito caro e teve que se submeter a um hospital público para realizá-lo. Ela pensava consigo que havia trabalhado tanto e que também experimentava uma situação financeira difícil, e pedia a Deus que não tivesse um fim como o do seu pai, com tanto sofrimento.

Os primeiros meses do ano de 1999 se encaminharam de maneira muito lenta, até que, pelo mês de abril, Marina recebeu um telefonema de um empresário do Norte do Brasil, propondo uma parceria na qual ela poderia operar seu curtume entrando com a mão de obra e os equipamentos, que toda a produção seria vendida por intermédio dela, e que seria comissionada; já ele entraria com a matéria-prima e os produtos químicos.

Marina disse a César sobre a proposta, e este concordou; assim, voltariam a morar em sua cidade natal. Eles falaram com seu advogado e consultor sobre a viabilidade do negócio. Àquela altura, o curtume estava alugado para o segundo inquilino e teriam que convencê-lo a cancelar o contrato de aluguel; sabiam que não seria fácil. No entanto, após longa negociação, o inquilino entregou o imóvel.

Marina começou a encaixotar seus objetos com muita vontade de voltar.

Seu pai estava cada vez pior da doença, e Marina se lembrava da sua infância, juventude, e, mesmo já casada, quanta coisa boa ele ainda proporcionou a ela e a seus irmãos. Ele não era uma pessoa carinhosa, chameguento como se diz, mas tinha um sentimento de profundo amor pelos filhos.

Lembrava que, quando criança, com uns seis anos de idade, via um carrinho de mão bem grande cheio de mercadoria que um carregador transportava do mercado para sua casa. Não entendia por que seu pai comprava em sacas, ou seja, saca de arroz, de açúcar, de feijão, de farinha e tudo mais, até uma bebida que ficava lendo quando estava na alfabetização: CINZANO, então ficava CIN-ZA--NO, até conseguir ler a palavra. Esta bebida era um tipo de aperitivo. Ela não via naquele carrinho de mão peixe, carne bovina ou de porco, pois seu pai comprava esses itens diariamente, não comia comidas congeladas.

Outro marco na memória de Marina foi a mesa com seu pai, sua mãe e todos os seus irmãos, sempre muito farta e tudo muito à vontade. Completamente diferente dos dias atuais. Eles faziam todas as refeições no horário certo e ainda recebiam visitas que chegavam e não sabiam a data da volta, passavam meses em sua casa.

Antigamente era assim, tinha petisqueiro, onde se guardava doces e geleias de frutas regionais, licor de jenipapo caseiro; não existia prazo de validade, e tudo acabava com rapidez; não havia guloseimas nem bolo todos os dias; a casa era encerada com escovão e se passava óleo de peroba nos móveis.

Quando crianças, seu pai os levava para o circo, único divertimento da época. O circo a todo momento encantava, tanto que era comum artistas itinerantes passarem na rua e os próprios moradores se organizavam para que a apresentação acontecesse. Muitas vezes, o picadeiro foi montado com os móveis que o pai de Marina tirava da sala de estar de sua casa. Ele também os levava para assistir a peças folclóricas. Por isso Marina tinha muita vontade de ser a protagonista mirim. Achava o máximo.

Todas essas lembranças vinham à mente de Marina enquanto via seu pai agonizando no leito de um hospital. As lágrimas rolavam em sua face. Pedia a Deus que levasse a alma dele para um bom lugar. Sabia que sempre o amaria, pois foi o pai que Deus lhe deu.

Depois da morte de seu pai, Marina ainda passou uma semana com sua mãe, estava desolada com a perda do seu esposo, após anos de união matrimonial, e seria difícil enfrentar a viuvez.

Quando voltou ao Sul do Brasil, Marina providenciou sua mudança, no entanto não poderia ainda fechar seu escritório naquela região, uma vez que seus negócios estavam concentrados ali, enquanto no Norte faria apenas uma parceria para operar sua fábrica.

Já se aproximava o mês de julho e chegava a hora de voltar à terra natal. Além de alegria de voltar ao seu lugar de origem, Marina sentia a necessidade de estar perto e de cuidar de sua mãe, e de voltar a conviver com seus irmãos, pois sempre foram muito unidos. O sorriso voltava aos lábios de Marina por morar novamente no seu apartamento que comprou com tanta luta, em anos de trabalho para conseguir aquele imóvel para viver com sua família.

Então, Marina, César e Arthur pegaram a estrada em direção ao Norte do Brasil no seu pequeno carro. Foram dois dias e meio de viagem, parando para as refeições e para dormir. Quando chegaram a sua casa, sorriam muito. Tudo no apartamento estava no mesmo lugar, pois seus filhos mais velhos tinham providenciado a pintura e a arrumação.

A esperança de tudo dar certo com a parceria que fariam para operar o curtume voltava para a família. No acordo firmado, constava que César e Marina ficariam responsáveis pela mão de obra e pelo maquinário, e o parceiro pela matéria-prima e pelos produtos químicos para beneficiamento de couro bovino em estado de *wet blue*, e toda a venda para a exportação seria por intermédio de Marina, que receberia sua comissão sobre as vendas dos couros beneficiados no curtume.

Os primeiros negócios foram honrados. Marina tinha trabalhado muito e fez uma carteira de clientes considerável, os quais tinham boa liquidez, abriam carta de crédito à vista e faziam pedidos significativos. Toda a produção era feita por encomenda e não ficava nada em estoque. Recebia os clientes e apresentava ao parceiro para que ele soubesse quem era o seu comprador.

Marina e César faziam viagens de vendas e aumentavam a carteira de clientes sob comissão. Já haviam conseguido até clientes no mercado doméstico que compravam grandes volumes.

Com o passar do tempo, seu sócio resolveu procurar diretamente os clientes de Marina e oferecer seu produto com valor menor, valor este que representava a comissão paga pelas vendas. Marina ficou decepcionada com ele, no entanto não podia encerrar as atividades porque precisava operar a fábrica para saldar as dívidas antigas e sustentar a família.

CAPÍTULO 14

Quando César e Marina moravam no Sul do país, estabeleceram relações comerciais com Samuel, um cliente iraniano sediado em Nova York e para o qual agenciavam algumas vendas. Durante uma de suas viagens aos Estados Unidos, em junho de 2000, ela o visitou e recebeu a proposta de uma parceria: ele entraria com a parte financeira e ela com o trabalho. A produção do curtume seria exclusivamente para ele. A marca do produto seria dele, e não a da empresa de Marina, para que não soubessem a procedência do produto; dessa maneira o cliente iraniano teria produção do Norte e do Sul do país.

Após seu retorno ao Brasil, os contatos foram mantidos por meio de fax e foi feito um contrato de parceria entre a empresa de Marina e a de Samuel para dar início à produção. No segundo semestre daquele ano, Samuel veio até o Norte do Brasil conhecer o curtume de César e Marina para selar a transação, e solicitou dois contêineres como amostra, sendo um contêiner de couros bovinos curtidos ao cromo, inteiros, em estado de *wet blue*, e outro de raspa de couro bovino. Samuel fez o pagamento antecipado.

O sorriso voltou aos lábios do casal. Era tudo o que Marina sonhava. Exportar artigos produzidos em sua própria planta. O quanto ela tinha trabalhado para que isso se tornasse realidade!

Em janeiro de 2001, Marina e César foram novamente à Panamerican Leather Fair e encontraram o seu cliente iraniano, àquela altura parceiro de negócios, que os recepcionou com muita cordialidade. Tudo estava indo muito bem.

Quando o pedido de Samuel ficou pronto, em março de 2001, Marina inspecionou toda a produção e foi ao porto despachar os dois primeiros contêineres: um com destino a Gênova, na Itália, e o outro para Valência, na Espanha. Eram artigos distintos, um deles com o valor bem superior ao outro. Ficou acertado que Marina e Samuel iriam juntos receber a mercadoria na Itália.

O transcurso foi combinado assim: quando o navio chegasse ao porto de Gênova, Marina e César tomariam o voo para Milão, e depois seguiriam de trem para Arzignano, distante cerca de duas horas de Milão, onde a mercadoria alocada estaria em um armazém para verificação.

Grande era a expectativa de Marina e César, para eles, aquele embarque seria o primeiro de muitos; dessa maneira, conseguiriam operar o curtume todos os dias. Mas, quando chegaram ao armazém com seu cliente, foi grande a surpresa deles. Os contêineres tinham sido trocados. O contêiner destinado a Valência, na Espanha, de valor bem inferior, estava naquele armazém, e o contêiner destinado a Gênova, com artigo de valor superior, estava em Valência. Que tormento!

Marina enviou imediatamente uma mensagem para a companhia de navegação informando o ocorrido e solicitou que enviassem o contêiner correto para Gênova e embarcassem o armazenado para Valência. Ela ficou o dia inteiro em busca de uma resposta, sem sucesso.

Samuel havia contatado um dos seus clientes ingleses, que havia comprado a mercadoria que deveria estar naquele armazém. A situação foi muito constrangedora. Era óbvio que a culpa não era de Marina, mas sabia que, mesmo que conseguisse provar que o erro foi da companhia de navegação, perderia o cliente que tanto estava interessado em realizar negócios com ela.

Será que aquele casal estava contra a correnteza do rio? Quando fizeram parceria com o empresário do Norte do Brasil, este os traiu, ficando com seus melhores clientes. Todavia, como recompensa tinham conseguido algo bem melhor na pessoa de Samuel, só que alguém fez confusão no porto, e a sensação era a de que tudo tinha ido por água abaixo.

O cliente iraniano não deixou de acreditar em Marina diante do ocorrido, uma vez que já tinham feito outros negócios bem-sucedidos, motivo pelo qual a procurou para uma parceria e para ocupar a capacidade total do curtume dela. Disse então para ela que voltaria para inspecionar a mercadoria correta tão logo o contêiner que deveria estar ali fosse trazido. Mas isso só aconteceu três meses mais tarde. A essa altura, os clientes ingleses do iraniano já tinham conseguido outros fornecedores.

CAPÍTULO 15

De volta ao escritório, Marina formulou uma correspondência para a companhia de navegação, relatando todo o ocorrido, e provou a eles que os contêineres eram distintos, inclusive foram colocados no porto em dias diferentes, para evitar qualquer troca, assim como a numeração mostrava o destino de cada contêiner.

Somente em junho enviaram o contêiner da Espanha para a Itália. Novamente, Marina e César foram para aquele país, pegaram um trem de Milão até Gênova, onde estava o contêiner original, no mesmo armazém. Encontraram-se com o cliente iraniano, Samuel, para conferir a mercadoria.

Para sua surpresa, os paletes estavam violados, todos já manuseados, e não encontraram os romaneios. Marina pensou: "Que decepção! O Samuel vai ter mais despesas com mão de obra para organizar todos os paletes, mais uma diária naquele armazém, até que o serviço de recontagem das peles seja concluído".

Para maior prejuízo de Samuel, seu cliente inglês não teve mais interesse em comprar aquele contêiner. Perdeu sua grande chance de exclusividade para aquele artigo. Foi uma viagem fatigante, pois Samuel dirigiu poucas palavras a Marina e César.

O outro contêiner, que anteriormente foi para a Itália, não havia chegado à Espanha.

Como Marina tinha feito um relatório para a empresa de navegação sobre o ocorrido quando houve a troca dos contêineres, decidiu entrar com uma ação judicial de perdas e danos, lucros cessantes, danos morais etc. e iria provar que ela estava certa e teriam que fazer indenização de tudo o que perdeu. Ela sabia da lentidão da justiça, mas um dia sairia a sentença e estava certa de que ganharia aquela causa.

Marina e César ficaram hospedados em um pequeno hotel, bem próximo a Pádua. Era dia 13 de junho e foram até a igreja de Santo Antônio e lá fizeram muitas orações. Dois dias mais tarde, voltaram para o Brasil.

No avião, de volta para casa, o pensamento de Marina ficou voltado para o ocorrido; sentia-se moída, seus ossos contorcidos como se estivesse com uma grande enfermidade. Sua labuta era intensa, muitos anos de trabalho com muita expectativa, à espera de um final feliz a cada novo negócio, mas, nos últimos anos, a escrita da vida estava saindo da pauta do papel.

Fez uma retrospectiva de toda a sua vida empresarial, até que um fio de memória veio em sua mente: "Eu tenho um marido que está sempre me apoiando, um filho já formado em engenharia e dois na universidade, é obvio que terão suas atividades profissionais, quem sabe não vão precisar correr tanto".

Foram doze horas de viagem sem pregar os olhos, noite em claro, até que seu voo aterrizou. E pensou: "Não adianta lamentar o passado, o importante é acordar para um novo amanhecer".

CAPÍTULO 16

Após dias em busca de uma nova parceria, no início de 2002, Marina recebeu a visita de um empresário interessado em alugar sua fábrica. A negociação foi longa e Marina e César decidiram fazer o contrato de locação por três anos.

Novamente, alugaram uma sala de escritório para agenciamento de exportação. Mais um recomeço.

Durante o ano de 2003, Marina continuou agenciando e fazendo inspeção da mercadoria no Sul do Brasil para os Estados Unidos.

Marina notava que cada vez mais o mercado estava voltado para a Ásia e, para desenvolver seus negócios, precisava viajar para aquele continente.

Os importadores norte-americanos e muitos europeus já estavam com seus escritórios instalados na China. Em março de 2004, Marina e César viajaram para Hong Kong para visitar a Asia Pacific Leather Fair. O mundo dos negócios de couros e peles que Marina comercializava estava nesse centro de convenções.

A feira estava movimentadíssima. O casal caminhava pelos estandes em busca de clientes o tempo todo. No final do dia, suas pernas estavam cansadas de tanto andar.

Notavam que o mercado estava cada vez mais competitivo. Tudo estava mudado. Obviamente, havia muitos asiáticos na feira e poucos falavam inglês, o que dificultava a comunicação do casal. Eles precisavam de intérpretes para poderem se comunicar melhor com os chineses. Só conseguiam negociar com os empresários que falavam inglês. Nos estandes onde não havia intérprete, eles passavam e pegavam os cartões de visita na esperança de um futuro contato via e-mail. Os seus clientes norte-americanos e europeus não estavam expondo. Novos expositores. Tudo era novo.

Certo dia, chegaram ao hotel. Após o jantar, Marina refletiu: "A vida é assim, sempre um novo aprendizado. Começar de novo. Quantas vezes seria preciso fazer tudo de novo? Quando comecei minhas atividades pelos Estados Unidos logo consegui sucesso, o sorriso era constante; em seguida, fui para a Europa, percorri quilômetros de trem pela Itália para conseguir clientes, mas foi por intermédio dos clientes norte-americanos que consegui realmente bons clientes na Inglaterra e fornecemos muitos anos para aquele país, África do Sul, Portugal, Itália, México, Espanha e através dos Estados Unidos conseguimos entrar na China. Em 1990, já tínhamos contrato com a China, quando lá não havia sequer equipamentos modernos e nós estávamos no auge dos negócios. Éramos indicados para clientes de vários lugares do mundo e agora me vejo novamente tentando conseguir clientes, pois o mercado mudou e a bola da vez é a China".

Então ela ouviu um sussurro: "Estarei sempre contigo. Vá em frente!".

No dia seguinte, pernas preparadas para caminhar pela feira. À noite, Marina e César saíam pelas ruas de Hong Kong e viam como os chineses trabalhavam muito. Quando as lojas fechavam, camelôs colocavam bancas diante das lojas e vendiam produtos de todos os tipos a preços baixíssimos. Mesmo baratos, as economias do casal estavam escassas para comprarem objetos chineses, no entanto o que viam e ouviam não deixava de ser um novo aprendizado. Cultura totalmente diferente dos brasileiros.

Marina pensava: "Nos próximos anos, a economia dos chineses será maior que a dos norte-americanos se continuarem a trabalhar com tanta intensidade, e o mundo estará voltado para a Ásia. Em 1991, quando estive na China, os chineses trabalhavam por um prato de comida, a estação de trem de Guangzhou não tinha nem carrinho para colocar as malas. Era tudo rudimentar e contrastante ver as grandes cadeias de hotéis de luxo que começavam a se acampar naquela cidade ao lado de um casebre onde moravam várias pessoas".

Como se estivesse contemplando uma pintura, lembrava-se de sua primeira visita: via várias pessoas caminhando apressadas na rua; via muitas bicicletas e carros de mão que se davam de encontro, e ao colidirem discutiam muitos; não conseguia ver o meio fio da rua e voltava seus olhos para os casebres e via muitas roupas penduradas nas janelas das casas humildes; sentia um cheiro de comida que mais parecia odor do que cheiro e seu estômago embrulhava com vontade de vomitar. Hoje, catorze anos depois, aquela cidade é uma explosão de desenvolvimento.

Marina adormecia muito tarde, tanto pelos pensamentos como pelo fuso horário. Mesmo assim, seguia o horário da China e não acordava tarde para poder estar às nove da manhã no centro de convenções. No último dia da feira, Marina conseguiu uma negociação; apesar de a quantidade não ser grande, havia uma promessa de que, se aprovada, fariam pedidos constantes. Eles também conseguiram mais contatos com promessas de confirmarem alguns pedidos por e-mail.

CAPÍTULO 17

Um mês após Marina e César terem voltado de Hong Kong, César recebeu uma proposta de um emprego para trabalhar em uma empresa diferente do tipo de negócio que eles praticavam. Mesmo assim, aceitou o desafio. Marina, por sua vez, ficou sozinha no escritório, com várias pendências da empresa anterior da época do curtume e não podia mais contar com a ajuda do seu esposo.

Ela continuou indo para o escritório e fazendo seus contatos com a China. Uma das empresas que ela contatou em Hong Kong iria expor na Feira de Xangai no mês de setembro, por isso precisou ir, mas dessa vez sozinha, já que seu esposo não estava mais trabalhando naquele negócio.

Quando chegou a Xangai, em setembro de 2004, Marina notou quão populosa era aquela cidade, localizada no estuário sul do rio Yangtzé, pelo qual flui o rio Huangpu. A maior cidade da China é a única cidade do leste asiático com um PIB maior que o da capital do seu país. Xangai é um centro global de finanças, educação, ciência e tecnologia, manufatura, turismo, cultura e transporte, e seu porto é o mais movimentado do mundo.

Após chegar ao hotel, descansou e dormiu para estar revigorada no dia seguinte e caminhar pela All China Leather Exhibition.

A Feira de Xangai era mais voltada para couros em estado de *wet blue*. Marina conseguiu visitar muitas empresas e fazer bons negócios.

Essa viagem, como as outras, teve seus desafios, mas um fato envolvendo uma jovem foi o mais significativo. Um dia, ao sair do centro de convenções, Marina se aproximou de uma chinesa que parecia ter a idade de sua filha:

– Você fala inglês?

– Sim, falo. Eu sou intérprete na feira.

– Você pode me informar como faço para voltar ao centro da cidade?

– Acompanhe-me.

– Meu nome é Marina, e o seu?

– O meu é Mei. Bem, este ônibus na nossa frente vai até a estação do metrô. Lá nós descemos e eu compro o seu bilhete, porque eles não falam inglês. Eu já tenho o meu cartão e nem preciso tirá-lo da bolsa, pois a máquina da estação lê o cartão dentro dela.

Marina estava com as mãos cheias, carregando amostras, além de sua pasta e bolsa. O metrô de Xangai era muito veloz e moderno. Não se via o trem, a porta se abria como se entrasse em um avião. Não tinha lugar para elas se sentarem, pois estava lotado. De repente, as amostras de Marina caíram no chão e ela tirou a mão do varão para apanhá-las, mas ficou insegura onde se apoiar novamente.

— Segure no varão, ninguém pegou o lugar da sua mão — disse Mei.

Quando desceram para fazer a baldeação, Marina disse para a jovem:

— Muito obrigada. Agora eu consigo pegar o metrô que vai para a minha estação e você pega o seu.

— Eu vou com você até o centro de Xangai e depois retorno.

— Não é preciso. Eu me viro daqui. Além disso, o seu metrô vai para o lado oposto do meu.

— Não tem problema, eu acompanho você até o centro.

Quando chegaram à parada central, ela foi até a porta da saída com Marina, mas a porta estava fechada. E Marina disse:

— Não se preocupe, daqui eu sei me virar.

Mei insistiu:

— Marina, meus pais me ensinaram: enquanto eu não sentir que uma pessoa está segura sozinha, eu não devo largá-la.

Então, elas saíram do metrô juntas e caminharam um pouco em busca de táxi. Ao passarem por uma universidade, Mei disse para Marina que tinha estudado lá e era formada em letras; além do chinês, inglês, falava outros idiomas. Também pediu que, da próxima vez que Marina fosse a Xangai, entrasse em contato com ela para que lhe reservasse um hotel estilo europeu, onde muitos europeus costumam se hospedar quando visitavam a cidade.

Mei chamou um táxi e passou ao motorista o endereço do hotel. Marina agradeceu:

– Você é um anjo do céu. Quisera que todas as pessoas fossem iguais a você. O mundo seria melhor. Deus te abençoe sempre.

A feira foi muito proveitosa para Marina, pois conseguiu fechar três contêineres. Mandaria primeiro uma pequena amostra e, se fosse aprovada, o cliente chinês, senhor Zhen, abriria carta de crédito e ela mandaria os demais contêineres.

O material que o senhor Zhen queria era produzido onde Marina morava. O problema era que só quem o produzia era o seu antigo sócio, que fez uma parceria e depois lhe tirou os clientes. Ela não teria uma alternativa de produção para o contêiner fechado naquela feira, pois o outro curtume existente naquele distrito industrial não tinha a qualidade que eles tinham requisitado.

Após uma semana da sua chegada da China, Marina resolveu ir até o curtume do empresário que a traiu no passado para tentar amostras para o senhor Zhen. Ele forneceu algumas que, posteriormente, foram aprovadas. Então, o cliente liberou a entrega dos três contêineres, de couro bovino curtido ao cromo em *wet blue*, mas um a cada embarque. Marina acompanhou a inspeção da mercadoria, que apresentava boa qualidade, no entanto não acompanhou a embalagem, pois o trabalho seria da fábrica.

Os negócios de Marina voltaram a melhorar. Em 2005, ela começou a receber pedidos em grandes quantidades do seu cliente William, da NH Company, que havia iniciado relações comerciais no ano de 1997 e que, anteriormente, comprava pequenas quantidades, passando a comprar um contêiner por semana de couro bovino curtido ao cromo, semiacabado, lixado, espessura 1.5/1.7 mm na cor bege.

Para atender esse cliente, Marina conseguiu uma parceria para a entrega de dois contêineres, sendo sua parte na parceria venda e acompanhamento da mercadoria até a saída da fábrica; a do seu parceiro, provedor da matéria-prima. Os outros dois contêineres ela compraria direto de uma fábrica do Sul do país e era comissionada sobre a venda. Do ponto de vista comercial, estava melhorando bastante. Ela estava conseguindo capitalizar novamente a empresa.

Muitas idas e vindas, de Norte a Sul do país para inspecionar os pedidos das empresas JL Company e NH Company, que desde 1997 importavam couro acabados e semiacabados dos curtumes do Sul do Brasil, agenciados por intermédio de Marina, e naquele ano de 2005 as vendas aumentaram consideravelmente.

Em setembro, Marina foi visitar seu cliente William, da empresa NH Company, nos Estados Unidos. Depois, pegou um voo para Xangai, para visitar a All China Leather Exhibition. Nessa feira, fez vários contatos com chance de negócios em grandes volumes.

Chegou a fechar pedidos de três contêineres para iniciar um negócio, após a aprovação da amostra, com um cliente que a convidou para conhecer sua planta de acabamento, que ficava localizada na província de Hebei, a aproximadamente três horas de Pequim. Para se certificar de que realmente o cliente tinha um bom potencial de compra, Marina pegou um voo até Pequim, aonde chegou num sábado à tarde; no domingo, fez um *city tour* pela capital e teve a chance de ouvir um pouco sobre sua geografia e história.

A capital da República Popular da China fica localizada no Norte e é governada como um município sob a administração direta do governo chinês; com dezesseis distritos urbanos, suburbanos e rurais, é cercada principalmente pela província de Hebei.

Pequim é uma cidade global, uma megacidade e a segunda cidade chinesa em população urbana, depois de Xangai; é também o centro cultural, educacional e político da nação. É sede da maioria das grandes empresas estatais chinesas e abriga o maior número de empresas Fortune Global 500 do mundo, bem como as quatro maiores instituições financeiras do mundo por ativos totais. Combinando arquiteturas de estilo moderno e tradicional, é uma das cidades mais antigas, com uma rica história que remonta há mais de três milênios. Com montanhas ao redor da cidade em três lados, além das antigas muralhas internas e externas, foi estrategicamente posicionada e desenvolvida para ser a residência do imperador.

A cidade é também conhecida por seus palácios, templos, parques, jardins, túmulos, muros e portões opulentos. Possui sete construções catalogadas como patrimônios da humanidade pela Unesco: a Cidade Proibida, o Templo do Céu, o Palácio de Verão, as Tumbas da Dinastia Ming, o Zhoukoudian e as partes da Grande Muralha e do Grande Canal.

No domingo, Marina só terminou o *city tour* no final da tarde, tendo a chance de visitar a maioria dos monumentos e o Mercado das Pérolas; soube também que no passado a maioria dos chineses se cumprimentava no início do dia, perguntando: "Você já comeu hoje?", por causa da situação de penúria vivenciada pela população.

Na segunda-feira, pela manhã, o cliente que ficava instalado na província de Hebei mandou buscá-la no hotel para ir até seu curtume, que funcionava em uma grande área e que deixou Marina mais confiante para seguir as negociações com ele. Nesse dia, ela ficou hospedada em um pequeno hotel, pois no dia seguinte teria que visitar outro cliente que trabalhava com raspa de couro bovino que ficava naquelas proximidades. Notou o quanto o povo na China ainda era solícito: o cliente que pediu para seu motorista buscá-la em Pequim também pediu que a levasse ao hotel; foram mais de três horas de viagem. No caminho de volta, percebeu como a China estava crescendo em variados polos de desenvolvimento. Quando Marina chegou ao hotel, estava exausta.

No dia seguinte, pegou o voo para Xangai, e de lá um voo até Chicago com conexão em Nova York para o Brasil. Marina teria muito o que produzir para a China.

Até o final do ano, ela focou no envio de amostras para a China e em obter as aprovações.

Chegou o ano de 2006, e os negócios estavam em alta. No entanto, ainda não tinha conseguido recuperar o ativo da empresa. Marina tinha experimentado várias mudanças de plano de governo que prejudicaram a exportação, e o produto que vendia era cem por cento destinado ao mercado internacional.

Por mais que os planos de governo mudassem, Marina não desistia jamais e sempre pensava que solução tomar para acompanhar o mercado. Em março daquele ano, embarcou em um voo e foi para Hong Kong visitar a Asia Pacific Leather Fair. Após três dias em visita pela feira em busca de novos clientes, conseguiu bons contatos. Com o encerramento do evento, foi até Shenzhen visitar um cliente que havia contatado na feira de Hong Kong.

Percebeu que a cidade era muito voltada para a tecnologia, pesquisa, indústria, finanças e transporte. Geograficamente, localizada na margem leste do estuário do rio das Pérolas, na costa central da província meridional de Guangdong, fazendo fronteira com Hong Kong ao sul, Dongguan ao norte e

Huizhou a nordeste. Em Shenzhen, Marina visitou uma fábrica com uma grande produção de calçados, tanto masculinos como femininos, e assim teria chance de conseguir matéria-prima no Brasil para exportar para aquela fábrica.

Todas as vezes que Marina ia até a China, notava que aquele país estava crescendo economicamente, realizando-se o que ouvira falar quando a visitou pela primeira vez: ela seria a maior economia do mundo em vinte anos.

Quando Marina voltou para o Brasil, procurou desenvolver os artigos para a fábrica chinesa, chegando ainda a enviar alguns lotes. Contudo, posteriormente, a empresa achou mais viável comprar o produto na primeira etapa e fazer o acabamento na China, pois assim faria conforme a moda e não teria que esperar muito tempo para ter o produto.

CAPÍTULO 18

O dia amanheceu ensolarado naquela manhã de abril de 2007. Marina vestiu-se com calça jeans, blusa de malha e tênis e saiu para classificar uma mercadoria destinada ao mercado interno em um curtume a vinte quilômetros de seu escritório. Sentada em uns tijolos, começou a fazer a seleção. Seu celular tocou; era o seu filho José dizendo para ela não se preocupar, pois ele iria resolver a pendência que tanto a inquietava. Ela replicou:

— Não gostaria que vendesse nenhuma parte do nosso curtume, pois vou conseguir saldar todos os compromissos da empresa. Estou com muitos pedidos fechados.

Ele então disse:

— Vem aqui quando puder que preciso falar contigo urgente.

— Eu preciso despachar essa mercadoria e assim que terminar vou ao teu apartamento — Marina respondeu.

Ela só conseguiu ir às seis horas da tarde. Chegou perguntando a seu filho:

— E então, o que aconteceu?

— Eu realizei um negócio volumoso e já está dando muito lucro. Vou poder te ajudar a quitar todo o passivo da empresa.

Marina chorou muito, comovida com a atitude do seu filho.

Ao chegar ao seu apartamento, disse para Arthur o que tinha acontecido e este ria sem parar de tanta alegria, pois sabia o quanto sua mãe trabalhava para que sua empresa não tivesse inadimplência.

Com muito trabalho e determinação, Marina conseguiu resolver as pendências passadas. Assim, teve serenidade para trabalhar e seguir agenciando empresas para exportação.

Ela nunca deixava que a angústia a dominasse e criava cada vez mais alternativas para seguir adiante; com uma fé inabalável, estava certa de que com seu trabalho e a ajuda de Deus seria uma vencedora.

Os anos se passaram. Sua filha Ana, formada em direito, se tornara magistrada. Seu filho Arthur, também formado em direito, se tornara promotor de Justiça. Seu filho mais velho, José, continuou trabalhando como empresário na área da engenharia civil, realizando muitos projetos com sucesso, e finalmente César resolveu trabalhar com seu filho.

Os negócios continuavam favoráveis para Marina, e, em março de 2008, junto com César e José, foi para Hong Kong visitar a feira anual. No entanto, José não tinha interesse nos negócios de sua mãe: ele foi até a China para conhecer aquele país; se algum negócio lhe interessasse, poderia promover.

Marina fez bons contatos na feira e se deslocou, acompanhada do marido e do filho, até a cidade de

Wenzhou para visitar um curtume para o qual havia fechado um contêiner de couro bovino curtido em estado de *wet blue* para dar sequência aos negócios.

O cliente, senhor Feng, estava bem interessado e os levou para jantar em um restaurante típico chinês, mas eles ficaram receosos para fazer o pedido, pois não queriam comer nada muito exótico como cobra, porém o senhor Feng explicou sobre os pratos e logo eles escolheram um camarão de rio. Ao provarem o prato, eles gostaram bastante, e assim não fizeram desfeita ao cliente.

Quando voltaram para o Brasil, Marina procurou uma fábrica na mesma cidade onde morava para produzir o pedido que trouxera da China. No entanto, não conseguiu um bom resultado.

Ela não poderia continuar com aquele cliente, pois não tinha um curtume na sua região nem no Sul do país que produzisse a qualidade exigida pelo senhor Feng. O couro que ele exigia tinha características da pelaria de um gado europeu.

O mercado estava totalmente voltado para a Ásia, e Marina sabia que qualquer reclamação por parte do importador a faria viajar até a China. Decidiu, então, trabalhar com um artigo que os Estados Unidos ainda compravam bastante cujos clientes eram fiéis. Os curtumes com que ela trabalhava tinham boa reputação no mercado, pois ter artigos de boa qualidade possibilitou que seu trabalho valesse a pena e que ela se tornasse agente exclusiva de muitos importadores norte-americanos.

Nos anos de 2009, 2010, 2011 e 2012, Marina recebeu grandes pedidos do cliente William, da NH Company, com entregas mensais, e dedicou-se muito a essa empresa, e os visitava sempre que possível, assim como o cliente vinha ao Brasil.

O trabalho era árduo, mas valia a pena. No entanto, o aumento do preço da matéria-prima representava um risco, já que a taxa cambial estava praticamente estável no período e os negócios não podiam depender dela. O custo do produto tinha que ser preciso, pois qualquer erro acarretaria redução do lucro, ou até prejuízo, o que, apesar de ser apenas agente, afetaria Marina, pois sempre prezou pelo equilíbrio, considerando também o lado do fabricante.

Os anos foram se passando e o mercado ficando lento, e Marina sentiu um pouco de ociosidade. Decidiu se dedicar também a obras sociais, sem, no entanto, deixar de pesquisar o mercado internacional para ver se conseguiria fazer alguma negociação on-line. Contudo não deixou de atender seus clientes da NH Company e JL Company nos anos de 2013, 2014, 2015 e 2016. Os volumes eram pequenos, mas sem interrupção de embarques.

No seu negócio, ela teria que tocar o produto e estar em contato algumas vezes diretamente com o cliente, *face to face*. Sentir, conversar para saber como chegar até lá, o que já havia feito muitas vezes. Mesmo não sendo jovem, ainda tinha forças para trabalhar, mas dependia muito de ir até a China. Uma oportunidade seria a Feira de Hong Kong, em março, na qual teria a chance de encontrar importadores do mundo inteiro.

O caminho era a Ásia.

Por volta de 2017, o senhor William da NH Company começou a comprar com entregas semanais e prosseguiu assim até o final do ano. Isso impulsionou Marina a seguir em frente e a ir até Hong Kong, em março de 2018, para a Asia Pacific Leather Fair, onde teria a chance de contatar pessoalmente esse cliente, assim como os importadores, tanto da Ásia como da Europa e dos Estados Unidos.

CAPÍTULO 19

Em março de 2018, Marina viajou para participar da Feira de Hong Kong. Ela pediu ao seu esposo para acompanhá-la, pois sabia que não seria fácil encarar aquela viagem sozinha com mais de sessenta anos. Ele, apesar de ter algumas limitações, aceitou ir com ela.

Dessa vez, foram por Dubai, onde ficaram dois dias para tornar a viagem menos cansativa e aproveitaram para conhecer os Emirados Árabes, uma nação da Península Arábica, localizada predominantemente ao longo do Golfo Pérsico. O país é uma federação de sete emirados. Em Abu Dhabi, capital dos Emirados, foi construída a Mesquita Xeique Zayed, com lustres de cristal e espaço para quarenta mil fiéis. Em Dubai, fizeram um *city tour* e visitaram a Torre Burj Khalifa, o Aquário, Dubai Frame, Palmeira Jumeirah, Global Village e Mercado do Ouro, além de enormes shopping centers. Após o descanso e passeio de dois dias, Marina e César pegaram o voo para Hong Kong.

Havia dez anos que não iam àquele lugar e notaram um grande desenvolvimento. Tudo graças à tecnologia. Na saída do avião, pegaram o *monorail* até a bagagem; em seguida, saíram por uma porta e encontraram uma sala onde, de um lado, estava o banco para fazer o câmbio, e do outro, o guichê para comprar a passagem do metrô expresso até a ilha de Hong Kong; outra porta se abriu e lá estava o metrô com vagões pequenos onde conseguiram colocar as malas logo que entraram. Sentaram-se próximo a suas bagagens e ligaram a TV de bordo com o jornal no idioma inglês. Chegaram à estação central, de onde saía o ônibus que os levou até o hotel próximo ao centro de convenções de Hong Kong. No primeiro dia, dormiram para recuperar a diferença de fuso de onze horas; no segundo dia, fizeram um tour pelas ilhas de Hong Kong.

Chegou o primeiro dia da feira. Intenso era o movimento e lá foi Marina novamente buscando novos clientes, pois o mercado muda muito e tem sempre aquele país que é a bola da vez, por isso um agente deve estar sempre atento para o que vai acontecer durante os negócios, cada detalhe; e isso não é possível sem ver a face das pessoas, olhar nos olhos e passar confiança. Jamais desistir e sempre seguir em frente, pois a vida sempre é um recomeço. E estar sempre com o pensamento em Deus e ouvir o sussurro Dele: "Vai em frente!".

Durante a feira, Marina conseguiu um cliente chinês, o senhor Lin, que estava interessado em um couro bovino lixado e acabado de boa qualidade para botas masculinas. Após retornar ao Brasil, fez o pedido para o curtume com que costumava trabalhar e enviou várias amostras até que conseguiu aprová-las. O senhor Lin fez um pedido para vir inspecionar em agosto daquele ano. A mercadoria foi cuidadosamente inspecionada e aprovada, o que resultou em novos pedidos. Marina ficou feliz e aproveitou para levar o cliente para visitar outros curtumes na região.

Estava tudo indo muito bem, e Marina sentia que teria novamente grandes quantidades para exportar como no passado, quando exportava para os Estados Unidos, pois o discurso do senhor Lin assemelhava-se aos dos grandes importadores norte-americanos nos anos anteriores, e ela procurava entender o inglês com sotaque dele, para que tudo seguisse bem e assim tivesse mais um ano com boas vendas.

Em março de 2019, novamente, Marina e César foram a Hong Kong. Dessa vez, resolveram ir pela Europa e passaram uns dias em Portugal, onde pegaram um voo para Frankfurt e de lá outro voo para Hong Kong que durou onze horas. Tudo transcorreu bem no voo.

Nessa viagem ficaram em um hotel bem ao lado do centro de convenções para que não perdessem tempo em transporte.

Durante o evento, tiveram a chance de visitar estandes de importadores do Paquistão, da Índia, da Tailândia e da China; o Brasil também tinha um estande. Mas havia poucos dos Estados Unidos e da Europa. Realmente, o mercado estava voltado para a Ásia.

Marina se encontrou com um cliente norte-americano. Também teve uma reunião, no estande do fabricante brasileiro com o qual trabalhava, com um cliente chinês, senhor Ping.

Levou contatos e pedidos de amostras de alguns importadores. No último dia da feira, o senhor Ping os levou até Shenzhen, cidade em que ficava sua empresa.

Marina e César ficaram dois dias naquele lugar e tiveram a oportunidade de fazer algum turismo, pois o senhor Ping disponibilizou condução e funcionários para acompanhá-los até os pontos turísticos. Visitaram também um grande shopping só de bolsas de quase todas as marcas do mundo, das mais famosas até as mais simples.

Marina havia visitado Shenzhen em 2006 e mal podia acreditar na transformação da cidade. Agora, repleta de tecnologia, o dinheiro em espécie havia sido substituído por um único aplicativo no celular para compras e pagamentos. A cidade também estava cheia de parques e ruas arborizadas. Restaurantes internacionais, onde se via toda a cozinha com diversos tipos de mariscos, peixes, frangos.

Na saída do metrô, que é muito moderno, se vê um shopping muito bonito com lojas de artigos diversos e roupas para todos os gostos, uma grande evolução.

E o Brasil ficou para trás.

Difícil acreditar que, quando Marina esteve pela primeira vez na China, em 1991, o Brasil exportava bastante couro bovino curtido tanto em *wet blue*, semiacabado e acabado, chegando a ser o maior exportador de calçados do mundo. As fábricas brasileiras tinham maquinários já modernos enquanto lá era ainda muito rudimentar, e agora a China era uma explosão de desenvolvimento.

Voltaram para Hong Kong em uma van que o senhor Ping tinha contratado para levá-los e ficaram bem admirados durante o percurso da viagem. Notaram que havia árvores em todo o trajeto até Hong Kong, assim como muitas flores, o que tornava a viagem muito agradável.

Na fronteira entre Shenzhen e Hong Kong, mais uma admiração com a tecnologia: a fiscalização era moderníssima, tanto que foi necessário somente o carro ser aberto automaticamente e uma máquina rastrear todo o veículo.

Quando entraram em Hong Kong, entre uma ilha e outra, transitaram por pontes supermodernas com o trânsito fluindo com bastante rapidez. Como eles sempre usavam trem, não conheciam Hong Kong com suas bonitas pontes e tiveram a chance de ver várias ilhas.

O senhor Ping novamente fez um pedido para ela desenvolver. Quando voltou para o Brasil, foi até os curtumes e começou o processo das amostras novamente durante todo o ano.

Os negócios começaram novamente a fluir bastante. Um de seus clientes norte-americanos pediu para desenvolver um novo artigo e aos poucos foi aumentando a produção, o que fazia com que Marina aumentasse a sua comissão sobre vendas e a deixava muito interessada em seguir agenciando e fazendo o que sempre gostou de fazer.

Também pesquisou preços e quantidades e termos de venda para Índia e Paquistão. Na verdade, ela conseguia o artigo, mas não encontrava fabricantes que aceitassem vender com carta de crédito de noventa dias, pois eram os termos de negociação que a Índia praticava. Em relação ao Paquistão, ela sabia que aquele país tinha contratos com empresários norte-americanos e produzia para os Estados Unidos com qualidade superior à do Brasil e por menor preço. Marina sabia, desde que começou a exportar, em 1987, que o Paquistão era forte concorrente do Brasil em alguns artigos que ela vendia, mas, naquela época, ainda conseguia vender mais que eles. Com o passar dos anos, o preço e a qualidade ficaram mais atrativos nesse país.

Na China, em Xangai, acontecia a feira no mês de setembro, voltada para a matéria-prima. Apesar de desejar ir, Marina pensou que, como tinha ido à feira de Hong Kong, ficaria muito cansativo ir novamente para aquele continente.

Na verdade, ela sentia saudade de quando a feira acontecia em Paris, pois, embora fosse longe, podia dizer que era "ocidental", e não precisava ir até o outro lado do mundo, afinal, a idade estava chegando e quanto mais distante, mais cansativa era a viagem.

No ramo em que Marina trabalhava, leva-se um tempo para igualar um artigo até que entre na linha de produção, mas quando encontra o padrão correto, começa a fluir normalmente. Foi o que aconteceu até o final do ano, quando ela já tinha enviado todas as amostras e estava aguardando o pedido.

Então chegou o ano de 2020, e Marina recebeu um pedido, cuja produção levava cerca de trinta dias para a conclusão e finalmente conseguisse embarcar.

Mas, em fevereiro, tudo parou com a chegada da covid-19, e o mercado chinês fechou.

CAPÍTULO 20

A situação ficou caótica, o medo se apoderou de todos. Todo mundo ficou em casa. As fábricas operavam com 50% da capacidade produtiva, e em semanas de lockdown, tudo estava fechado.

Não era necessário ficar escondido em lugares para se proteger de bombas, como nas duas guerras mundiais. Não se ouvia o tiro do canhão. Quando se percebia, uma partícula mínima estava no organismo das pessoas. A sensação era a de que a humanidade acabaria, e o responsável era o coronavírus.

Essa pandemia teve seu ponto crítico durante os anos de 2020 e 2021.

Apesar da produção lenta no ano de 2020, um cliente norte-americano resolveu fazer pedidos com entregas mensais, o que fez com que Marina não desistisse do seu trabalho como agente de exportação, fazendo-o com muita dedicação. Seu cliente passou a comprar regularmente; os embarques eram feitos por via aérea com fretes altos, pois dependia da disponibilidade de voos para os Estados Unidos e da Alfândega, que muitas vezes estava trabalhando em sistema reduzido, ou seja, com rigor excessivo nos procedimentos alfandegários.

E assim ela conseguiu, durante os anos de 2020 e 2021, vender para o seu cliente da NH Company, senhor William, que, desde 1997, comprava couro acabado e semiacabado por intermédio de sua empresa.

Grande foi a surpresa de Marina quando, em julho de 2022, o senhor William resolveu fechar seu depósito nos Estados Unidos. Ela ficou muito nostálgica, pois tinha muita consideração por ele. Chegou a pensar que ele estava brincando, pois gostava de fazer humor durante algumas conversas, mas dessa vez era um fato. Ficou sabendo que ele resolveu ser agente de uma empresa do Paquistão, onde o preço e a qualidade estavam mais atrativos se comparados aos do mercado brasileiro.

Mesmo com essa perda, Marina não se deixou abater e procurou outras empresas para oferecer seu produto, afinal, a criatividade nasce da angústia. Ela resolveu contatar outro cliente nos Estados Unidos, com quem já tinha feito algumas negociações durante a década de 1990.

Começar de novo. Amostra para lá e para cá, pequenos pedidos... Finalmente, conseguiu que o artigo entrasse na linha de produção e passou a comprar regularmente.

Durante sua meditação e conversa com Deus, Marina agradecia seguidamente: "Senhor, muito obrigada por todo o meu viver e por mais uma provação. Sigo acreditando mais e mais em ti".

Marina não ficou estática. Ela tinha sempre em mente um novo horizonte, o importante é seguir e confiar que, quando uma janela se fecha, uma porta se abre, e continuou sua busca para encontrar mais clientes e nunca desistir do que sempre gostou de fazer: levar os produtos brasileiros para outros países e mostrar o seu país "Gigante pela própria natureza". País autoprodutor, capaz de se sustentar com tantos produtos provenientes de uma linda floresta, explorados de forma sustentável.

Sim, o Brasil pode exportar muitos produtos sem poluir o meio ambiente, mas para isso é necessário um trabalho de base. Como tratar a água dentro de uma indústria para não poluir? Para fazer o tratamento de efluentes de água é necessário um grande projeto, que é uma das etapas de maior relevância em custo, instalação e uso.

Muitas indústrias instalam maquinários, possuem energia e matéria-prima, contudo esbarram no tratamento de efluentes e água. Para isso, seria necessária uma verba governamental para incentivar a indústria a gerar empregos e exportar seus produtos, trazendo divisas para o país. Seria de grande importância que projetos fossem desenvolvidos para essa finalidade.

Na Região Norte, por exemplo, pode-se produzir diversos produtos, uma vez que há matéria-prima para tal, mas não se tem recursos para seguir adiante.

Há muitas plantas da Floresta Amazônica com frutos comestíveis, cujas folhas servem para medicamentos; os rios com diversidade de peixes; e na pecuária, é claro, deve haver o replantio nas áreas próximas ao pasto para que haja o equilíbrio sem prejudicar a natureza.

Em 2023, Marina retomou seus contatos com o mercado chinês, que já estava em plena atividade, e continuou agenciando pedidos para a Ásia, na expectativa de aumentar o volume de negócios e manter sua posição no mercado, trabalhando como agente de exportação com prazer, sempre guiada pelo sussurro em seus ouvidos: "Segue em frente. Eu estou te guiando".

FINAL

Marina é agente de exportação há quase quatro décadas.

O mercado internacional foi seu desafio como empresária e o fez com êxito. Muitas batalhas foram vencidas, como a falta de infraestrutura de alguns lugares no Brasil para chegar até o produto que comercializava, o que não a inibiu de continuar sua caminhada. Desenvolveu seu trabalho de norte a sul, de leste a oeste. Buscou lugares onde pudesse conciliar a produção com a vida cotidiana, sem falhar com seus importadores.

O sobe e desce de uma economia desfavorável, em paralelo à mudança de plano de governo, não a impediu de continuar sua luta. Quanto maior era a sua angústia, maior era sua criatividade para não parar de correr pelos quatro cantos do mundo, buscando alcançar sua meta.

Que glória em sua primeira viagem aos Estados Unidos conseguir entrar no mercado norte-americano e depois ser indicada por seus clientes para a Europa, África e Ásia. Quantos quilômetros percorreu, não sabe calcular; no mínimo seis a oito viagens de vendas por ano foram realizadas em busca do seu ideal, permanecer no mercado e gerar divisas para seu país.

Chegou a globalização; o corre-corre para a Ásia em busca de novos clientes. Costumes e religiões diferentes. Ficar com os ouvidos atentos ao que os asiáticos falavam para entender e poder conseguir negociar e buscar volumes, pois queriam grandes quantidades.

Sua primeira viagem para a China foi em 1991, quando esse país ainda estava começando a se estruturar, quase sem máquinas nas fábricas para desenvolver artigos que os tornassem mais valiosos, no entanto o preço da mão de obra era muito baixo. Desde cedo acompanhou o crescimento desse populoso país, o grande Tigre Asiático.

Mesmo tendo vivenciado momentos difíceis, Marina não quer ainda que sua memória seja apenas de lembranças, continua a caminhar com o tempo.

Acredita que muitos desafios ainda estão por vir. A força que ainda sente e crê receber de Deus faz com que ela continue a caminhar, mesmo que a onda seja imensa e o mar fique para trás; ela almeja ser as lindas espumas transparentes que chegam até a extremidade da areia... enquanto ela ouvir o sussurro em seus ouvidos: "Não tenhas medo. Caminho ao teu lado, estou te vendo. Segue em frente. Sempre estarei contigo".

FONTE Book Antiqua
PAPEL Pólen Natural 80 g/m²
IMPRESSÃO Paym

FSC
www.fsc.org
MISTO
Papel produzido
a partir de
fontes responsáveis
FSC® C133282